RAINER M. SCHRÖDER

Kommissar Klicker

Jagd auf blaue Blüten

ILLUSTRIERT VON ERICH HÖLLE

Schneider-Buch

Inhalt

Schatten im Dunkel

Die Dienstpistole lag schwer in der Hand des Kommissars. Das Metall der Waffe fühlte sich abstoßend kalt an. Widerstrebend legte er den Sicherungsbügel um und lud die achtschüssige Pistole durch.

„Zum Teufel mit dieser sinnlosen Ballerei!“ murmelte Kommissar Nagel aufgebracht. „Für wen halten mich die Leute überhaupt . . .!? Ich bin doch kein James Bond!“

Irgendwelche Ähnlichkeit mit jenem legendären 007 konnte Kommissar Nagel nun wirklich nicht aufweisen. Er war mittelgroß, nicht sehr kräftig und hatte einen Hang zur Nachlässigkeit, was seine Kleidung betraf. Seine spiegelglatte Glatze hatte ihm bei Kollegen und in der Unterwelt den Spitznamen „Kommissar Klicker“ eingebracht.

Kommissar Nagel liebte seinen Beruf und wurde wegen seiner Erfolge bei der Aufklärung von Verbrechen von den Ganoven gefürchtet. Ihm paßte es jedoch ganz und gar nicht, daß er manchmal gezwungen war, zur Waffe zu greifen. Es kostete ihn jedesmal eine gehörige Portion Selbstüberwindung, die Dienstpistole in die Hand zu nehmen.

Der Kommissar verabscheute nichts so sehr wie Gewalt und löste seine Fälle lieber mit dem Verstand. Deshalb sträubte sich in ihm auch alles dagegen, daß er gleich von der Waffe Gebrauch machen sollte. Zumal er jetzt schon genau wußte, daß er bei der Schießerei nicht den Schimmer einer Chance hatte. Er war nie ein guter Schütze gewesen – und hatte es auch nie sein wollen. Menschen, die ihre geistigen oder körperlichen Schwächen mit der Waffe wettzumachen versuchen, verabscheute er zutiefst.

„Ich hätte mich rundweg weigern sollen“, knurrte Kommissar Nagel. Aber dafür war es jetzt zu spät. Die Vorbereitungen für diese merkwürdige „Verbrecherjagd“ waren schon abgeschlossen! Auch der Verlierer stand schon fest – er hieß Kommissar Nagel!

Nervös fuhr er sich mit dem linken Handrücken über die Stirn. Er schwitzte – und das steigerte seinen grimmigen Unmut noch. Einen Moment lang spielte er tatsächlich mit dem Gedanken, die Pistole wieder zu sichern, dem Schauplatz den Rücken zuzukehren und die ganze Geschichte einfach abzublasen.

Dann aber siegte sein ausgeprägtes Pflichtbewußtsein. Er sagte sich, daß er es nun einmal hinter sich bringen mußte – zumindest diesmal noch. Außerdem würden seine Gegner jeden Augenblick vor ihm auftauchen. Es war nur noch eine Frage von Sekunden ...

Mit leicht gespreizten Beinen, die schußbereite Pistole in beiden Händen, wartete Kommissar Nagel auf den Moment, an dem er in Aktion treten mußte. Mit verkniffenem Gesicht beobachtete er die finstere Straße, die vor ihm lag und auf einen Fabrikhof führte. Es war Nacht. Der grauschwarze Himmel hing tief über der Stadt und war wolkenverhangen. Ein schweres Sommergewitter lag in der Luft. Die Straßenlaternen warfen ihr gelbliches Licht auf die Gehsteige und die am Bordstein geparkten Wagen. Die Straße lag wie ausgestorben da.

„Na los, bringen wir es hinter uns!" brummte Kommissar Nagel ungeduldig. Im selben Augenblick bemerkte er den verschwommenen Schatten. Er sah das Schimmern von Metall und wußte, daß es jetzt darauf ankam, wer schneller schoß. Er riß die Pistole hoch, drehte sich so schnell er konnte nach links und visierte den Schatten an, der über die nächtliche Straße hetzte.

Der Kommissar war nicht schnell genug. Bevor er den Finger um den Abzug seiner Waffe krümmen konnte, krachte die Waffe seines Gegners. Das Mündungsfeuer blitzte in der Dunkelheit grell auf und schien förmlich auf den Kommissar zuzurasen. Und der scharfe Detonationsknall wurde von den hohen Wänden als Echo zurückgeworfen.

Kommissar Nagel knickte in den Knien ein und drückte nun auch ab. Der Pistolenschuß peitschte durch die Nacht. Deutlich spürte der Kommissar den starken Rückstoß der Pistole, der seine Hand nach oben drückte.

Nagels Kugel wurde dem Gegner nicht gefährlich. Sie jaulte mehrere Meter am Ziel vorbei. Und bevor der Kommissar noch einmal schießen konnte, verschwand der Schatten auf der anderen Straßenseite in der sicheren Deckung einer in Dunkelheit getauchten Toreinfahrt.

„Eins zu null für euch", knurrte Nagel. Aber noch war diese nächtliche Schießerei nicht beendet.

Auf der rechten Straßenseite sprang plötzlich ein Mann von der Ladefläche eines Lastwagens. Im Schein der Laternen war der großkalibrige Revolver in der Hand des Mannes deutlich zu erkennen. Ohne Vorwarnung eröffnete er nun das Feuer, während er im Zickzack über den schwarzen Asphalt rannte.

Die Schüsse krachten in schneller Folge.

Orangefarbene Feuerzungen zuckten aus dem Revolverlauf.

Nagel fluchte unterdrückt, sprang zur Seite und jagte zwei Kugeln aus seiner Dienstpistole. Treffer erzielte er jedoch nicht. Ungehindert rannte der wild um sich schießende Mann weiter. Und das unangenehme Sirren gefährlicher Querschläger erfüllte die Luft.

„Ich wußte doch, daß ich keine Chance gegen diese Revolverschwinger habe!" stieß der Kommissar erbost hervor. „Nicht die geringste Chance . . ."

Der Mann mit dem schweren Revolver verschwand hinter einem langgestreckten Lagerschuppen. Und für einen Augenblick legte sich bedrückende Stille über diese unwirkliche Szene.

Bevor der Kommissar sich jedoch von den ersten beiden überraschenden Angriffen erholen konnte, erfolgte schon der nächste. Und diesmal hatte Nagel es gleich mit zwei Gegnern auf einmal zu tun. Nur wenige Meter von ihm entfernt wurden die Türen eines Pkw aufgestoßen. Zwei junge Burschen in schwarzen Lederjacken warfen sich aus dem Wagen auf die Straße, rollten über die Schulter ab und feuerten aus liegender Position auf ihn.

Kommissar Nagel zuckte zusammen und glaubte, den Einschlag der Kugeln spüren zu können. Sein Magen zog sich in Erwartung des Treffers zusammen. Er wußte, daß er für diese beiden jungen Schießer entschieden zu langsam war, aber zumindest versuchte er seine geringe Chance wahrzunehmen.

Er wirbelte herum. Aber er brauchte viel zu lang. Es war der Bruchteil einer Sekunde, der zwischen Leben und Tod entschied. Die beiden jungen Burschen nahmen ihn mit der geballten Feuerkraft ihrer Revolver unter Beschuß.

„Mist, verdammter!" fluchte der Kommissar. Dies war sein Ende . . .

„Mir reicht's, Koopmann!" rief Kommissar Nagel unwillig.

„Stoppen Sie diesen verdammten Film, und machen Sie bitte Licht!"

Die schießwütigen Gestalten, die geparkten Wagen und die grauen Hausfassaden – die gesamte Szenerie verblaßte auf einmal vor seinen Augen. Und im gleichen Augenblick flammten die hellen Neonleuchten unter der Decke auf.

„Ich hätte den Trainingsfilm sowieso gestoppt", bemerkte Kriminalassistent Koopmann, ein junger tatendurstiger Mann mit blondem Haar und sympathischem Gesicht, mit leichtem Spott in der Stimme. „Sehr viel länger hätte ich Ihre ... Schießkünste nämlich nicht ertragen, wenn Sie mir diese Bemerkung erlauben, Chef."

„Natürlich erlaube ich." Der Kommissar sicherte die Pistole. „Ich kann mich nun mal nicht für diese Knallerei begeistern ... offenbar ganz im Gegensatz zu Ihnen."

Kommissar Nagel befand sich mit seinem Assistenten in einem der unterirdischen Räume des Polizeipräsidiums von Steinenbrück. Der große, schallisolierte Kellerraum war zu einem hochmodernen Schießkino umgebaut worden. Die Szene mit den wild um sich feuernden Männern hatte ein Spezialprojektor auf eine Wand mit Sensoren projiziert. Ein Computer vermochte die Treffer des Kommissars und die seiner Zelluloid-Gegner genau zu ermitteln.

„Knallerei!" wiederholte Claus Koopmann entrüstet. „Dieses Training ist einfach unentbehrlich, Chef! Bei Ihren miserablen Schießkünsten, wenn Sie mir diese Bemerkung erlauben ..."

„Nur zu!" Nagel grinste belustigt.

„... sollten Sie viel öfter trainieren!"

„Wenn diese Ballerei nicht Dienstvorschrift wäre, würde ich mich hier unten nicht blicken lassen", gestand der Kommissar und trat zu seinem Assistenten, der den Computer nach den Ergebnissen befragte.

„Eine sichere Hand kann manchmal über Leben und Tod entscheiden!"

„Zum Glück leben wir ja nicht im Wilden Westen", erwiderte der Kommissar ungerührt. „Na, was sagt denn unser superschlauer Computer, Koopmann?"

Der Assistent blickte mit ernstem Gesichtsausdruck auf den vom Computer ausgedruckten Bogen.

„Habe ich was getroffen?"

„Sie?" Koopmann verzog das Gesicht. „Sie haben nichts als Luftlöcher in den Himmel geschossen, Chef. Nicht einen lächerlichen Streifschuß konnten Sie verbuchen. Ganz im Gegensatz zu Ihren Gegnern."

Der Kommissar seufzte und fuhr sich über die Glatze. „Ganz wie ich es geahnt habe."

„Eigentlich dürften Sie gar nicht mehr am Leben sein", sagte Koopmann vorwurfsvoll.

„Tut mir leid, wenn ich Sie da enttäuschen muß."

Koopmann überging die spöttische Bemerkung seines Chefs. „Ihre Gegner haben Sie schrecklich zugerichtet. Der erste Angreifer hat Sie in die linke Schulter getroffen. Der zweite konnte laut Computer zwei Treffer anbringen ... eine Kugel in den rechten Oberschenkel und einen tödlichen Brustschuß. Aber die besten Treffer kommen erst noch, Chef. Die beiden Burschen aus dem Wagen haben ..."

„Hören Sie um Gottes willen auf mit diesem scheußlichen Computerbericht!" fiel ihm der Kommissar ins Wort. „Ersparen Sie mir den Rest. Ich weiß selbst, daß ich kein überragender Schütze bin."

„Sie sollten aber etwas dagegen tun, Chef", sagte Claus Koopmann besorgt. „Vor allem jetzt, wo wir solche Schwierigkeiten mit den Gangstern der Falschgeldbande haben."

Kommissar Nagels Gesicht verdüsterte sich. Seit Monaten beobachtete er mit wachsender Besorgnis, daß das Falschgeldgeschäft in Steinenbrück immer größere, erschreckendere Ausmaße annahm. Doch was auch immer er dagegen unternahm, es erwies sich als wirkungslos. All seine Aktionen, die Verbrecher zu überführen und hinter Schloß und Riegel zu bekommen, waren fehlgeschlagen. Nicht eine Razzia hatte Erfolg gehabt.

„Nein, es sieht ganz und gar nicht gut aus", murmelte der Kommissar in Gedanken versunken.

„Wir haben es mit gerissenen, gefährlichen Gangstern zu tun, die mit der Waffe umzugehen wissen", bemerkte Koopmann nachdrücklich.

Kommissar Nagel ging auf Koopmanns Bemerkung nicht ein. „Sie können sagen, was Sie wollen", sagte er erbittert, „es muß in unseren eigenen Reihen einen Spitzel, einen hundsgemeinen Verräter geben, der die Gangster stets rechtzeitig warnt, wenn wir irgendeine Aktion gegen die Falschmünzer planen."

Claus Koopmann nickte zustimmend. „Anders lassen sich unsere Fehlschläge nicht erklären."

„Unter uns ist ein Verräter!" sagte Nagel überzeugt.

„Und was gedenken Sie zu tun, Chef?"

„Wenn ich das wüßte, wäre mir wohler zumute", antwortete der Kommissar.

Nobody

Kaum saß Kommissar Nagel in seinem einfach möblierten Büro hinter dem Schreibtisch, als das Telefon klingelte. „Koopmann, nehmen Sie ab. Ich bin nicht zu sprechen . . . sofern es nicht gerade der Polizeipräsident ist."

Koopmann griff zum Hörer. „Sonderdezernat Nagel", meldete er sich.

„Spreche ich mit Klicker?" fragte eine rauhe, etwas verzerrt klingende Stimme.

Koopmann stutzte im ersten Moment, dann trat ein amüsiertes Lächeln auf das Gesicht des Assistenten. „Nein, Sie

sprechen mit seinem Assistenten. Koopmann ist mein Na . . ."
Weiter kam er nicht.

„Geben Sie mir Klicker, Mann!" verlangte der Anrufer barsch. „Und beeilen Sie sich!"

„Worum handelt es sich?"

„Das geht Sie einen feuchten Dreck an!" lautete die unfreundliche Antwort. „Lassen Sie die dummen Fragen und quatschen Sie nicht lange herum. Holen Sie Klicker an den Apparat, Sie Tränentier!"

„Also hören Sie . . .", begann Koopmann nun ehrlich entrüstet über den Ton des Anrufers. „Ich ver . . ."

„Sparen Sie sich den Atem, Mann!" unterbrach ihn der Anrufer schroff. „Ich hab keine Lust, mit Ihnen hier 'ne Quizstunde abzuhalten. Ich hab Klicker was Wichtiges mitzuteilen. Der Bulle kann sich 'ne Beförderung verdienen, wenn er auf Draht ist. Versauen Sie ihm die Chance nicht, verstanden! Und setzen Sie sich endlich in Bewegung!"

Einen Augenblick war Claus Koopmann sprachlos vor Verblüffung. Dann machte sich Ärger in ihm breit, doch er riß sich zusammen. „Bleiben Sie dran, es dauert einen Augenblick!"

„Hoffentlich. Tun Sie mal was für Ihr Gehalt!"

Claus Koopmann deckte die Sprechmuschel des Telefonhörers mit einer Hand ab und sagte zum Kommissar: „Für Sie, Chef! Er läßt sich nicht abwimmeln."

Der Kommissar blickte ihn ungehalten an. „Jeder läßt sich abwimmeln. Sagte ich denn nicht, daß ich nicht gestört werden möchte?"

„Ich an Ihrer Stelle würde das Gespräch annehmen."

„Wer ist es denn? Sagen Sie jetzt bloß nicht, der Polizeipräsident!"

Koopmann zuckte die Achseln. „Er hat keinen Namen genannt. Und seinem Wortschatz nach zu urteilen, wird es kaum der Präsident sein. Er besteht darauf, Kommissar Klicker zu sprechen." Er konnte sich ein Grinsen nicht verkneifen, als er Nagels saures Gesicht sah.

„Ist das ein Witz, Koopmann?"

„Ganz und gar nicht. Scheint ein reichlich ungehobelter Bursche zu sein, wenn Sie mich fragen. Er behauptet jedoch, wichtige Informationen für Sie zu haben, mit denen Sie sich eine Beförderung verdienen könnten", informierte ihn Koopmann.

Der Kommissar zögerte einen Augenblick. „Okay, geben Sie her!" Er nahm seinem Assistenten den Hörer ab. „Hier Kommissar Nagel!" meldete er sich und betonte dabei seinen Namen . . . von wegen Klicker!

Der Anrufer lachte kurz auf. „Hallo, Klicker!"

„Mit wem habe ich die zweifelhafte Ehre?" erkundigte sich der Kommissar distanziert.

„He, he, fühlen Sie sich man bloß nicht auf'n Schlips getreten, Kommissar. Dankbar sollten Sie mir sein. Ich rufe an, weil ich Ihnen einen Gefallen tun will."

„Ich weiß noch immer nicht, mit wem ich spreche."

„Nennen Sie mich Nobody, Kommissar." Der Anrufer lachte spöttisch. „Ein Name ist so gut wie der andere. Außerdem schaut man einem geschenkten Gaul nicht ins Maul."

„Und was wollen Sie mir schenken . . ., Nobody?" fragte der Kommissar.

„Ein paar Informationen, die Gold wert sind."

„Bis jetzt haben Sie weiter nichts als Sprüche vom Stapel gelassen, Nobody. Kommen Sie endlich zur Sache, wenn Sie nicht wollen, daß ich auflege", forderte der Kommissar ihn auf.

„Sie werden ganz bestimmt nicht auflegen, Klicker. Wenn ich mich nicht irre, sind Sie doch hinter der Falschgeldgang her, nicht wahr?" fragte der anonyme Anrufer mit selbstsicherer Stimme.

Kommissar Nagel horchte interessiert auf. „Stimmt."

„Und wenn mich nicht alles täuscht, war bisher jede Ihrer Polizeiaktionen gegen die Hintermänner des Blütenhandels ein

Schlag ins Wasser, he?"

Kommissar Nagel war nun wie elektrisiert. „Stimmt auch. Woher wissen Sie das?"

Wieder ließ Nobody sein rauhes, spöttisches Lachen vernehmen. „Ah, jetzt klingen Sie schon einen Schlag interessierter, Kommissar. Hören Sie gut zu. Ich werde Ihnen Informationen über die Falschgeldspezialisten geben, damit Sie endlich mal Erfolg haben ..."

„Warum kommen Sie nicht in mein Büro und machen hier Ihre Aussage? Ich sichere Ihnen vollste Diskretion zu. Wir können uns auch irgendwo treffen ..."

„Wollen Sie mir jetzt auf die dumme Tour kommen?" Nobodys Stimme wurde laut und unangenehm schrill. „Ich bin doch nicht vor die Pumpe gelaufen, Mann! Sparen Sie sich solche blinden Sprüche, Klicker! Auf diese faulen Bullentricks falle ich nicht rein. Das können Sie bei anderen versuchen, aber nicht bei mir. Wenn Sie mich für geistig unterbelichtet halten ..."

Während Nobody lauthals schimpfte, gab Kommissar Nagel seinem Assistenten bei abgedeckter Sprechmuschel hastig Anweisungen: „Los, Koopmann, Tonband an und Gespräch mitschneiden! Und versuchen Sie eine Fangschaltung herzustellen ... Muß wissen, von wo Nobody spricht. Sofort Streifenwagen hinschicken und den Kerl festnehmen, okay?"

„Verstanden!" Koopmann schaltete das Tonbandgerät, das an das Telefon angeschlossen war, ein. Die Spulen begannen sich zu drehen.

„He, Klicker!"

„Ja, ich bin noch dran, Nobody!"

„Ich sagte Ihnen doch, daß Sie mich nicht reinlegen können. Mit einer Fangschaltung brauchen Sie es erst gar nicht zu versuchen. Diesen uralten Trick kenne ich auch. Mir flickt keiner was am Zeug. Also bis gleich. Ich rufe wieder an!" Nobody legte auf.

„Mist!" fluchte Kommissar Nagel enttäuscht. Um feststellen zu können, woher ein Anruf kommt, braucht man Zeit. Der Ort läßt sich nur während des Gesprächs ermitteln.

Nobody wußte das offenbar. Er rief wieder an, unterbrach jedoch mehrmals das Gespräch. So machte er es der Polizei unmöglich, ihn aufzuspüren.

Der Kommissar fand sich damit ab. Zudem waren die Informationen, die Nobody ausplauderte, geradezu sensationell. Und je länger Nagel mit ihm sprach, desto aufgeregter wurde er. Es war so unglaublich, was Nobody ihm da erzählte, daß er an dem Wahrheitsgehalt der Informationen zweifelte.

„Kommissar, jetzt sind Sie am Zug... Schönes Weihnachtsfest im voraus, Klicker!" Damit hängte Nobody endgültig ein.

Claus Koopmann hatte über den Zweitanschluß alles mitgehört. „Wenn die Informationen wirklich stimmen, ist die Blüten-Bande schon so gut wie zerschlagen, Chef!" rief er begeistert.

Nagel zeigte sich bedeutend weniger beeindruckt. „Wir sitzen in der Zwickmühle, Koopmann."

„Aber wieso?"

„Nehmen wir einmal an, alles entspricht der Wahrheit, was Nobody uns erzählt hat", begann Kommissar Nagel.

„Ich bin sicher, daß das kein faules Ei ist!" meinte Koopmann überzeugt.

„Wenn wir nun mit Hilfe dieser Informationen die Gangsterbande zerschlagen wollen", fuhr der Kommissar fort, „benötigen wir ein paar gute Männer. Im Alleingang können wir es mit diesen Verbrechern nicht aufnehmen. Niemals. Ich müßte also meine Kollegen einweihen. Aber das geht wiederum nicht, weil dann auch dieser verfluchte Spitzel in unseren eigenen Reihen Wind von der Sache bekommt und seine Gangsterfreunde frühzeitig warnt."

Koopmanns Begeisterung erhielt einen Dämpfer. „Der Verräter! Daran habe ich gar nicht gedacht. Wir müssen den Anruf und alle Einzelheiten also geheimhalten. Aber wo holen wir die Unterstützung her?“

Der Kommissar und sein Assistent suchten nach einem Ausweg. Zum erstenmal bot sich ihnen die sensationelle Gelegenheit, einen vernichtenden Schlag gegen die Blütengang führen zu können – und sie saßen wegen dieses elenden Verräters in der Klemme.

„Ich hab's!“ rief der Kommissar plötzlich und klatschte in die Hände. „Warum habe ich nicht gleich an sie gedacht. Sie wären die richtigen Männer für solch ein riskantes Unternehmen.“

„Wen meinen Sie, Chef?“

„Adi und seine Freunde natürlich!“

Koopmann sah ihn entgeistert an. „Adi Ehrlich und seine Freunde? Ja . . ., aber das sind doch ganz gerissene Ganoven!“

„Ganoven waren sie einmal!“ korrigierte ihn der Kommissar mit einem kaum merklichen Schmunzeln. „Jetzt sind sie ehrbar geworden und führen das *Park-Hotel.* Aber gerissen sind sie noch immer, und von Falschgeld verstehen sie eine ganze Menge – mehr vermutlich als wir alle hier im Präsidium. Sie sind mit allen Wassern gewaschen – und genau solche Männer brauchen wir für unser Vorhaben, Koopmann. Sehen Sie mich nicht so entsetzt an!“

Hoher Besuch

„Mal sehen, was Tino macht“, murmelte Carlo Canaletti und begab sich in das hinter der Rezeption gelegene Zimmer, in dem Tino Tran die Buchhaltung des Hotels führte.

Tino Tran machte stets einen erschreckend kränklichen Eindruck, obwohl er kerngesund war. Seine hagere Gestalt, seine blasse Gesichtsfarbe, eine Nickelbrille mit runden Gläsern und die stark hervortretenden Zähne gaben ihm ein absonderliches Aussehen, das ihm den Spitznamen „Tino das Pferd“ eingetragen hatte. Als Fälscher hatte er früher erstklassige Blüten hergestellt, wahre Kunstwerke – und als Künstler fühlte er sich auch.

„Mich trifft der Schlag!“ stieß Carlo, der berühmt-berüchtigte ehemalige Fassadenkletterer, hervor, als er sah, womit Tino beschäftigt war. Er stapelte dicke Geldbündel vor einem offenstehenden Wandsafe!

Tino fuhr herum. „Himmel, hast du mich vielleicht erschreckt! Kannst du nicht anklopfen?“

Carlo war mit einem Satz bei ihm und nahm ein Geldbündel vom Stapel. „Nicht zu fassen ... Hunderter ... Falsche Hunderter!“

„Woher hast du die Blüten?“ fragte Carlo scharf

„Sind so gut wie echt!“ versicherte Tino stolz.

„Wo hast du die Blüten her? Wir haben Adi doch versprochen, daß wir keine krummen Dinger mehr drehen!“ sagte Carlo scharf.

Tino verzog das Gesicht. „Wer dreht denn krumme Dinger?“ verteidigte er sich. „Ich freue mich nur am *künstlerischen* Wert meiner Arbeit. Und außerdem weiß man nie, wofür solch ein Notgroschen mal gut sein kann ...“

„Notgroschen?“ Carlo zog die Augenbrauen hoch. „Das sind doch Hunderttausende ... Ein Vermögen ist das!“ Er überlegte einen Augenblick, spürte die Versuchung. „Damit ließe sich schon was anfangen. Die Gelegenheit ist günstig ...“

„... um geradewegs in den Knast zu wandern!“ sagte plötzlich eine schneidende Stimme hinter ihnen. Es war Adi Ehrlich, der unangefochtene Boß der ehemaligen Gauner-Clique. Weder Carlo noch Tino hatten sein Eintreten bemerkt.

Der Boß, auch respektvoll Adi der Trickser genannt, weil er wahrhaftig jeden Trick kannte, war ein gedrungener Mann mit buschigen Augenbrauen, klaren wachsamen Augen und einem scharfen Verstand.

Carlo und Tino blickten ihn betroffen und mit sichtlichem Schuldbewußtsein an. Die falschen Hunderter in ihren Händen fühlten sich auf einmal wirklich heiß an.

„Hallo ..., Adi“, sagte Carlo lahm.

„Ich ... wir ... äh ... ich meine ...“, begann Tino stammelnd.

„Spart euch die Entschuldigungen“, fiel Adi ihm ins Wort. „Ihr hirnverbrannten Idioten! Blüten im Hotel können uns den Kopf kosten.“

„Diese Hunderter sind ein Traum, das kann ich dir flüstern“, sagte Carlo.

„Und jetzt werde ich euch mal was flüstern“, entgegnete Adi wütend. „Ihr habt mir das Versprechen gegeben, die Finger von heißen Sachen zu lassen. Und daran werdet ihr euch, verdammt noch mal, auch halten. Wenn nur ein einziger falscher Hunderter unter die Leute kommt, kann es passieren, daß wir wieder mal reif für die Staatspension sind, ihr Volltrottel!"

„Da ist was Wahres dran", gab Carlo zu.

„Ich hab sie mir ja auch nur anschauen wollen", beteuerte Tino.

Adi schüttelte den Kopf. „Wenn Klicker das wüßte, wäre es mit dem guten Einvernehmen aus. Dann hätten wir ihn wieder auf dem Hals. Und was das bedeutet, wißt ihr ja wohl."

Die Tür wurde geöffnet. Baron Heiner von Hohenschlaufe trat ins Zimmer. „Ich möchte nicht aufdringlich erscheinen, werte Freunde", sagte er mit der ihm eigenen akzentuierten Aussprache und vornehmen Wahl seiner Worte, „aber wir bekommen hohen Besuch." Der Baron wirkte wie ein Aristokrat. Sein schmales, markantes Gesicht erhielt durch die hohe Stirn und die griechische Nase ein geradezu klassisches Profil. Graue Strähnen durchzogen sein volles, dunkles Haar.

Ob er wirklich blaues Blut in den Adern hatte, wurde von vielen bezweifelt – und das mit Recht. Aber letztlich kam es darauf gar nicht an. Er trat auf und benahm sich wie ein echter Baron, und allein das war entscheidend. Elegante Kleidung, ausgezeichnete Manieren und eine gewisse Blasiertheit charakterisierten diesen Baron von eigenen Gnaden, der lange Jahre seinen Lebensunterhalt als begnadeter Hochstapler, Falschspieler und Scheckbetrüger verdient hatte.

„Besuch?" fragte Adi. „Was meinst du damit, Baron?"

„Klicker gibt uns die Ehre", erklärte Heiner von Hohenschlaufe. „Ich dachte, das würde euch möglicherweise interessieren." Das war eine glatte Untertreibung.

„Laßt die Blüten verschwinden!" rief Adi. „Ich kümmere mich um Klicker!"

Feuer und Flamme

Kommissar Klicker unterhielt sich in der Empfangshalle mit Bodo Brocken, dem man vor Jahren als Boxer in der Schwergewichtsklasse eine glänzende Weltkarriere prophezeit hatte. Bodo war ein wahrer Kleiderschrank von einem Mann. Doch diese Karriere hatte sich schon nach wenigen Kämpfen in Nichts aufgelöst. Seine Manager hatten nämlich zu ihrem Entsetzen feststellen müssen, daß Bodo der Bomber keiner Fliege etwas zuleide tun konnte.

Bodo war ein liebenswerter Kerl, der sehr an seinem Kater Al Capone hing. Sein einziger Fehler war nur, daß er sehr langsam im Denken war. Aber wenn er mal etwas begriffen hatte – oder zumindest dieser Meinung war –, dann konnte man sich auch hundertprozentig auf ihn verlassen.

„Kommissar, was führt Sie so früh ins *Park-Hotel?*“ begrüßte Adi den Besuch mit reichlich gemischten Gefühlen. Wußte er etwas?

Kommissar Nagel zog Adi beiseite. „Ich muß mit Ihnen sprechen. Ungestört!“

Adi Ehrlich nickte verstehend und zustimmend zugleich. Kommissar Nagel hatte ihnen eine faire Chance gegeben, als sie sich entschlossen hatten, mit dem Hotel eine ehrliche Existenz aufzubauen. Anfangs war Klicker voller Zweifel gewesen, doch inzwischen war er überzeugt, daß Adi und seine Freunde es wirklich ehrlich meinten.

Der Kommissar und die ehemaligen Ganoven respektierten einander. Und Nagel war oft Gast im Hotelrestaurant. Häufig begab er sich auch zu Blacky in die Küche, um mit dem ehemaligen Hehler über die Kunst des Kochens zu fachsimpeln. Denn genau wie Blacky war Kommissar Nagel ein leidenschaftlicher Esser und Genießer.

Der Kommissar kam zum Thema: „Vor einer Stunde habe ich einen merkwürdigen Anruf bekommen. Anonym. Von einem gewissen Nobody."

„Nobody?" Adi furchte die Stirn. „Niemand. Ein komischer Deckname!"

Nagel zuckte mit den Achseln. „So nannte sich der Anrufer. Es handelte sich um Falschgeld."

Adi hatte Mühe, sein Erschrecken zu verbergen. Glücklicherweise starrte der Kommissar gerade mit finsterem Blick auf seine Zigarre.

„So, Falschgeld", sagte Adi vage.

„Sie könnten mir einen großen Gefallen tun, Adi."

„Ich bin jederzeit gern bereit, Ihnen zu helfen", sagte Adi wachsam und ohne zu zögern. „Ich weiß nur nicht, weshalb gerade ich Ihnen helfen kann."

„Ich habe mit großer Besorgnis beobachtet, daß in Steinenbrück in letzter Zeit extrem viel Falschgeld auftaucht. Offensichtlich versucht ein mächtiges Syndikat, den Handel mit Blüten fest in seine Hand zu bekommen."

Adi lächelte erleichtert. „Wie kann ich Ihnen helfen, Kommissar?"

„Lassen Sie uns später darüber reden, Adi. Hören Sie sich erst einmal dieses Tonband an", schlug Kommissar Nagel vor, holte unter dem weiten Regenmantel einen kleinen Kassettenrecorder hervor und stellte ihn auf den Tisch. Einige Sekunden lang kam nur ein starkes Rauschen und Knistern aus dem Lautsprecher. Dann setzte das Gespräch zwischen dem Kommissar und dem anonymen Anrufer ein.

Kommissar: *Also gut, ich höre, Nobody.*

Nobody: *Sagt Ihnen der Name Vic Bröder etwas?*

Kommissar: *Nicht viel. Ein sehr vermögender Mann. Besitzt einige erstklassige Restaurants. Es gibt einige Gerüchte und Skandale um ihn . . .*

Nobody: *Gerüchte und Skandale! Quatsch mit Soße, Mann! Vic Bröder hat mehr Dreck am Stecken, als Sie sich überhaupt vorstellen können, Klicker!*

Kommissar: *Vic Bröder?*

Nobody: *Und ob, Mann! Der Kerl ist gerissen, aber nicht gerissen genug. Hat sich in letzter Zeit ein paar Schnitzer erlaubt. Aber das tut nichts zur Sache. Bröder ist in Steinenbrück der große Boß, der Mann im Hintergrund, der eine Menge dreckiger Fäden in den Händen hält! Unter anderem dirigiert er auch das Geschäft mit den Blüten . . ., und das ist ein verdammt blühendes Geschäft!*

Kommissar: Vic Bröder und Falschgeldhändler? Das ist eine ungeheuerliche Behauptung, Nobody. Ohne Beweise glaube ich Ihnen das nicht.

Nobody: *War mir klar, daß Sie das nicht schnallen würden, Klicker. Aber die Beweise können Sie haben. Ich serviere Ihnen Vic Bröder auf dem Präsentierteller, Klicker!*

Kommissar: *Nennen Sie mich nicht ständig Klicker!*

Nobody: *Sie heißen nun mal, wie Sie heißen, Klicker. Wenn's Ihnen nicht paßt, können Sie ja auflegen, Mann.*

Kommissar: *Reden Sie weiter!*

Nobody: *Also, was diese Beweise betrifft, die Sie in die Finger bekommen wollen . . . Vic Bröder ist ein begeisterter Wassersportler und besitzt dreißig Kilometer vor der Stadt unten am Fluß eine schnelle Motorjacht samt Bootshaus. Uferweg 19 heißt die Adresse. Könn'se gar nicht verfehlen, wenn'se nicht gerade Tomaten auf den Augen haben.*

Kommissar: *Und was soll ich da, Nobody? Für einen Bootstrip ist das Dezemberwetter nicht gerade ideal.*

Nobody: *Vic Bröder ist da aber anderer Meinung. Er wird heute abend gegen zehn bei seinem Bootshaus sein. Er erwartet dort unten nämlich einen Kurier, der ihm eine neue Sendung Blüten überbringt. Gibt es einen besseren Beweis als einen Koffer voll Falschgeld, Klicker?*

Kommissar: *Hören Sie, wenn Sie sich einen schlechten Witz mit mir erlauben wollen ...*

Nobody: *Reden Sie kein Blech, Klicker ... Augenblick. Ich rufe gleich wieder an, damit Sie nicht in Versuchung kommen, Kommissar.*

Ein Knacken drang aus dem Lautsprecher des Kassettenrecorders. Dann hörte man wieder Nobodys rauhe Stimme.

Nobody: *Vic Bröder wird Ihnen wie eine gebratene Taube in den Mund fallen, Klicker. Sie brauchen heute abend bloß am Bootshaus zu sein und die Handschellen zuklicken zu lassen. Einfacher geht es nicht. Aber ich habe noch einen weiteren heißen Tip für Sie. Vic Bröder hat nicht nur diese Kette exklusiver Restaurants, sondern ist auch Besitzer einer Bar.* Pampus *heißt der Schuppen.*

Kommissar: *Und?*

Nobody: *Die Bar ist nur Tarnung für einen illegalen Spielclub, der sich in den hinteren und oberen Räumen befindet. In diesem Spielcasino wird ein Großteil der Blüten unter die Leute gebracht. Der geheime Spielclub im* Pampus *ist der bekannteste und am besten besuchte im Umkreis von zweihundert Kilometern.*

Kommissar: *Sind Sie sicher, daß Sie auch die richtige Nummer gewählt haben, Nobody? Hier ist nicht Münchhausens Märchenstunde ...*

Nobody: *Nun halten Sie mal die Luft an, Klicker ... Ich tisch Ihnen keine faulen Eier auf, wenn es das ist, was Sie mir sagen wollen!*

Kommissar: *Schon gut, schon gut. Fahren Sie fort. Was wissen Sie noch über diesen Spielclub?*

Nobody: *Es werden dort ungeheure Summen umgesetzt, Klicker. Vic Bröder ist dort häufig zu sehen und spielt dann den großen Macker in Smoking und so. Einige seiner Leute arbeiten an den Spieltischen – teilweise mit gezinkten Karten und Würfeln, die präpariert sind. Aus dieser Quelle strömt das viele Geld, mit dem er so großzügig um sich schmeißt.*

Kommissar: *Woher kommen die Blüten, Nobody? Hat Bröder außerhalb der Stadt eine Druckerwerkstatt?*

Nobody: *Nein, die Blüten werden von dem Syndikat geliefert, das hier in Steinenbrück eingestiegen ist. Das Syndikat hat mit Bröder ein Abkommen.*

Kommissar: *Wer ist das Syndikat? Namen, Nobody!*

Nobody: *Da muß ich Sie enttäuschen, Klicker. Die Namen weiß ich nicht! Ich hab nur gehört, daß das Syndikat hier ganz in der Nähe von Steinenbrück ein Hauptquartier hat. Aber Vic Bröder wird Ihnen bestimmt mehr erzählen können.*

Kommissar: *Woher wissen Sie das alles?*

Nobody: *Das soll Sie einen feuchten Dreck interessieren, Klicker. Ich liefere Ihnen Vic Bröder ans Messer – und damit machen Sie den Fang Ihres Lebens!*

Kommissar: *Angenommen, es stimmt alles, was Sie mir da erzählt haben . . .*

Nobody: *Jedes verdammte Wort stimmt! Darauf können Sie Ihre Glatze verwetten, Klicker!*

Kommissar: *Okay, gehen wir mal davon aus. Aber was haben Sie davon, daß Sie mir das alles erzählen, Nobody?*

Nobody: *Das lassen Sie am besten man meine Sorge sein, Kommissar. Wenn Sie Köpfchen haben, können Sie aus den Informationen was machen und am Schluß als großer Held dastehen.*

Kommissar: *Wie wäre es noch mit ein paar Details mehr? Ich bin überzeugt, daß Sie mir noch nicht alles erzählt haben, was Sie wissen.*

Nobody: *Da wäre ich ja auch schön blöd, Mann . . . Nee, nichts zu machen. Den Rest müssen Sie schon selbst in die Hand nehmen. Kommissar, jetzt sind Sie am Zug . . . Schönes Weihnachtsfest im voraus, Klicker!*

Kommissar: *Warten Sie . . . Nobody . . . Legen Sie noch nicht auf . . . Nobody?! Mist . . .*

Klick.

Kommissar Nagel seufzte, stellte den Kassettenrecorder ab und blickte Adi Ehrlich erwartungsvoll an. „Tja, das wär's auch schon. Was halten Sie von der ganzen Geschichte?"

„Es sieht so aus, als hätten Sie mit diesem Nobody einen echten Haupttreffer gezogen", meinte Adi nach kurzem Nachdenken. „Ich glaube nicht, daß sich irgend jemand einen Spaß mit Ihnen erlaubt hat!"

„Den Eindruck hatte ich auch nicht."

„Viel wahrscheinlicher ist, daß es innerhalb von Vic Bröders Bande Machtkämpfe gibt oder gegeben hat. Möglicherweise will sich ein kleinerer Falschgeldhändler an Vic Bröder rächen."

Der Kommissar nickte. „Ja, das Gefühl habe ich auch." Er kratzte seinen kahlen Schädel. „Haben Sie schon mal von dem Syndikat gehört?"

Adi verneinte. „Ich bin schon eine Zeit aus dem aktiven Geschäft, Kommissar", sagte er mit einem spöttischen Lächeln. „Und Nobodys Äußerungen lassen darauf schließen, daß dieses Syndikat von Gangstern geführt wird, die nicht aus Steinenbrück stammen."

„Dann wird Tino Tran Sie wohl auch nicht kennen", sinnierte Nagel.

„Wohl kaum. Aber wenn Sie mich fragen, so haben Sie wirklich eine erstklassige Chance, den Gangstern das Handwerk zu legen."

Nagel kaute grimmig auf seiner kalten Zigarre. „Ja, die Chance scheine ich wirklich zu haben, Adi. Leider aber nur theoretisch."

„Wieso?"

Der Kommissar berichtete nun widerstrebend von seinem dringenden Verdacht, daß ein Spitzel in den Reihen der Polizei bisher jede Aktion gegen die Gangster vereitelt hatte. „Deshalb muß alles streng geheim bleiben, Adi. Außer mir, meinem Assistenten Koopmann und Ihnen weiß niemand etwas von diesen Informationen", erklärte Kommissar Nagel. „Ich kann noch nicht einmal eine andere Dienststelle einschalten und um Hilfe bitten. Die Gefahr, daß irgendeiner doch etwas von diesem Anruf und den geplanten Aktionen durchsickern läßt, ist mir einfach zu groß. Das Risiko kann und will ich nach den vielen Schlappen der letzten Monate nicht eingehen."

Adi nickte. „Verstehe."

„Ich bin also ohne jede Unterstützung", fuhr Nagel fort. „Aber allein kann ich diesen Ganoven das Handwerk nicht legen. Auch zusammen mit Koopmann nicht."

Adi Ehrlich sagte einen Augenblick nichts. Dann glitt ein spöttisches Lächeln über sein Gesicht. „Warum rücken Sie nicht mit der Sprache heraus, Kommissar? Sie wollen doch, daß wir mitmischen, nicht wahr?"

Nagel verbarg seine Verlegenheit hinter einem verkniffenen Gesichtsausdruck. „Ich weiß, ich weiß, es ist eine ungeheuerliche Zumutung . . ."

Adi der Trickser lachte amüsiert. „Da irren Sie sich aber, Kommissar. Manchmal habe ich das unangenehme Gefühl, als hätten sich meine Freunde noch nicht völlig an das brave, bürgerliche Leben gewöhnt. Ich wette, daß sie gegen ein bißchen Abwechslung nichts einzuwenden haben."

„Aber die Sache ist nicht ungefährlich", gab der Kommissar zu bedenken. „Im Gegenteil!"

„Um so besser", versicherte Adi. „Ich rufe die Burschen zusammen. Sie werden begeistert sein, verlassen Sie sich darauf, Klicker . . . äh, Kommissar!"

Übergabe am Fluß

Es war Nacht. Regungslos stand Kommissar Nagel im tiefen Schlagschatten des Bootshauses. Sein Blick glitt langsam über den Fluß, der sich vor ihm wie ein Strom aus schwarzer, flüssiger Kohle erstreckte. Der eisige Wind hatte sich gelegt, und nun rieselten feine, hauchzarte Schneeflocken vom Himmel.

Ab und zu glitzerten einige wenige Sterne durch die milchiggraue Wolkendecke.

„Gleich zehn vor zehn", raunte Koopmann.

„Vic Bröder wird kommen!"

„Falls er wirklich kommt ... Ich weiß nicht, ob ich mich dann freuen soll oder nicht", murmelte der Kriminalassistent und schlug fröstelnd den Mantelkragen hoch.

„Haben Sie kein Vertrauen zu unseren ... Verbündeten?" erkundigte sich der Kommissar, ohne sich umzudrehen.

„Sechs Ganoven als Hilfstruppe!" Koopmanns Stimme klang abfällig.

Kommissar Nagel wandte sich zu seinem Assistenten um. „Ich halte sie für zuverlässiger als eine Hundertschaft unserer Leute, Koopmann. Die sechs waren immer ehrliche Ganoven."

Koopmann versank in brütendes Schweigen.

Vic Bröders Bootshaus lag in einer kleinen, geschützten Bucht. Von der Landstraße aus, die sich am Flußufer entlang schlängelte, war das private Anwesen nicht einzusehen. Zwischen Straße und Wasser verlief nämlich eine baumbestandene Hügelkette. Ein schmaler, nun zugeschneiter Weg führte von der Landstraße über die Anhöhe hinunter zum Bootshaus mit dem betonierten L-förmigen Anlegesteg. Vic Bröders exklusive Motorjacht war im Schutz des Bootshauses vertäut.

Auf Anweisung des Kommissars hatten Adi Ehrlich und seine Freunde auf der Hügelkette Position bezogen. Sie sollten nur im Notfall eingreifen.

Motorengeräusch, das schnell lauter wurde, schnitt plötzlich in die Stille der Nacht. Und jenseits der Hügelkette glitt heller Lichtschein über die schneeschweren Äste der Bäume.

„Ein Wagen!" rief Claus Koopmann mit vor Aufregung heiserer Stimme. „Das muß Vic Bröder sein! Jetzt wird es ernst."

Im nächsten Augenblick tauchte oben auf der Hügelkuppe ein Mercedes auf. Die Halogenscheinwerfer bohrten sich durch die Dunkelheit, und in ihrem Licht tanzten die Flocken. Die grobprofiligen und mit Ketten versehenen Winterreifen pflügten mit leisem Rasseln durch den Schnee. Langsam näherte sich der Wagen dem Bootshaus und hielt schließlich knirschend vor dem breiten Anlegesteg.

„Kein Zweifel, das ist der elegante Victor Bröder!" raunte Kommissar Nagel mit grimmiger Befriedigung, als sich der Mann im Wagen eine Zigarette ansteckte und der Schein des Feuerzeuges sein Gesicht beleuchtete.

„Dann wird der Kurier des Syndikats mit dem Falschgeld hoffentlich nicht lange auf sich warten lassen", murmelte Claus Koopmann.

„Sie wissen, was Sie zu tun haben, Koopmann. Sie schnappen sich den Mann auf der Jacht, verstanden? Ich kümmere mich um Vic Bröder!"

„Verstanden, Chef!"

Das grelle Fernlicht des Mercedes, dessen Scheinwerfer auf das gegenüberliegende Ufer gerichtet waren, flammte zweimal kurz und einmal lang auf. Dann schaltete Victor Bröder die Scheinwerfer aus, ließ den Motor aber laufen.

„Da!" Kommissar Klicker deutete über den dunklen Strom.

Am anderen Ufer löste sich ein grauer Schatten aus der Schwärze der Nacht, begleitet von einem tiefen gleichmäßigen Brummen.

„Der Kurier!" flüsterte Koopmann.

Nagel nickte stumm.

Die Fahrertür des Mercedes flog auf, und Victor Bröder stieg aus. Ein schlanker Mann in einem schwarzen, eleganten Mantel mit Pelzbesatz am Kragen. Die Glut seiner Zigarette leuchtete in der Dunkelheit auf. Dann schnippte er die Kippe in den Schnee. Das Dröhnen der starken Bootsmotoren wurde immer lauter.

„Es wird Zeit für Sie!" flüsterte Kommissar Nagel seinem Assistenten zu. „Schleichen Sie sich jetzt nach vorn zum Anlegesteg, und gehen Sie dort hinter den Tonnen in

Deckung. Auf mein Kommando schlagen Sie los."

„Verstanden, Chef." Die Aufregung schnürte Koopmann die Kehle zu. Er huschte im Schutz des Bootshauses entlang zu den vier brusthohen Tonnen, die keine zwei Schritte vom Rand des Anlegesteges entfernt standen. Der Neuschnee türmte sich auf den Tonnen zu einem kleinen Berg.

Die Luft roch nach verfaultem Fisch, modrigem Wasser, altem Öl und frischem Schnee. Das Wasser schwappte mit einem monotonen, leise glucksenden Geräusch gegen die Betonmauer der Anlegestelle. Zwei schwere eiserne Poller waren in den Beton eingelassen.

Kommissar Nagel umklammerte die Stabtaschenlampe in seiner Hand. Die schnelle Jacht hatte sich dem Ufer bis auf etwa zwanzig Meter genähert. Der Mann am Ruder nahm das Gas fast ruckartig zurück. Die Jacht hatte ihren Bug weit aus dem Wasser herausgehoben und schob eine gewaltige weiß sprühende Gischtwolke vor sich her. Als die Geschwindigkeit nun abrupt abnahm, wurde die Bugwelle kleiner, und das Boot tauchte vorn tiefer ins Wasser ein. Fast lautlos, mit leise tuckerndem Motor, glitt es auf die Anlegestelle zu.

Vic Bröder stieß sich vom Kühler seines Wagens ab und trat an den Rand des Steges. Neben einem der schweren Poller blieb er stehen. Er hob die Hand.

Die Jacht legte sich längsseits und mit dem Heck zum Bootshaus. Eine Leine flog durch die Luft. Bröder fing sie auf und legte sie um den Poller. Eine zweite Leine folgte.

Kommissar Nagel schob sich aus seiner Deckung. In gebückter Haltung schlich er vorsichtig an Vic Bröder heran, der etwa zehn Meter entfernt stand.

„Pünktlich wie immer, Eddy!" bemerkte Bröder.

„Mistwetter!" knurrte der Mann auf der Jacht. „Mir ist eiskalt. Bringen wir es also schnell hinter uns. Bin froh, wenn ich das Boot wieder zurückgebracht habe."

Der Kommissar sah, wie Vic Bröder in die Innentasche des

Mantels griff und einen dicken Briefumschlag hervorzog. Er reichte dem Kurier das Kuvert. „Zwanzigtausend", sagte Bröder. „Wie abgemacht."

„Okay. Und hier ist der Koffer mit den Blüten!" Der Kurier übergab einen schmalen Aktenkoffer.

Auf diesen Moment hatte Kommissar Nagel gewartet. Jetzt würde er zuschlagen und die beiden Falschgeldgangster verhaften. Doch Claus Koopmann machte ihm einen dicken Strich durch die Rechnung. Er hatte sich in seiner Aufregung ein wenig zu abrupt hinter den Tonnen aufgerichtet und stieß mit der Schulter gegen den Rand einer Tonne. Der aufgetürmte Schneeberg geriet ins Wanken und kippte weg. Die beiden Gangster fuhren wie elektrisiert herum und bemerkten den Schatten hinter den Tonnen.

„Eine Falle!" schrie der Kurier auf dem Boot.

Koopmann wußte, daß er einen Fehler gemacht hatte. Zum Glück bekam er keine Gelegenheit, sich groß Gedanken darüber zu machen. Er stürzte hinter den Tonnen hervor, um zu retten, was noch zu retten war.

„Polizei!" brüllte er mit sich überschlagender Stimme. „Ergeben Sie sich! Polizei!"

Die beiden Gangster dachten nicht daran, sich zu ergeben. Sie reagierten extrem geistesgegenwärtig. Vic Bröder wirbelte auf dem Absatz herum.

„Zur Hölle mit euch Bullen!" brüllte er haßerfüllt und rannte zu seinem Wagen, den Koffer in der Linken.

Zur gleichen Zeit versuchte der Gangster, der die neue Sendung Falschgeld gebracht hatte, mit dem Boot zu fliehen. Er lief zum Kommandostand und schob beide Gashebel weit nach vorn. Die Schrauben peitschten das Wasser am Heck auf, während die Motoren aufheulten und das Boot sich aufbäumte. Die Taue an Heck und Bug spannten sich. Das Wasser am Anlegesteg schien zu kochen.

Jeden Augenblick mußten die Taue reißen.

„Eine Falle!" schrie der Kurier

Beherzt sprang Claus Koopmann vom Steg auf das Boot hinüber. „Du entkommst uns nicht!" rief er, und in seiner Stimme schwang wilde Entschlossenheit mit. Er wollte seinen Fehler unbedingt wettmachen. Mit einem Satz war er bei dem Gangster, den Vic Bröder mit Eddy angeredet hatte, und packte ihn am Kragen der Windjacke. Er riß ihn vom Steuerstand weg.

Eddy schrie wutentbrannt auf. Und als er zurücktaumelte, riß er die beiden Gashebel unwillkürlich bis zum Anschlag zurück. Die Schrauben drehten sich nun mit maximaler Leistung rückwärts.

Im nächsten Augenblick rammte die Jacht die Betonwand der Anlegestelle mit dem Heck. Ein ohrenbetäubendes Kreischen erfüllte die Luft, als die Schrauben sich durch die dünne Schlammschicht in den Beton bohrten. Metall wurde unter häßlichem Knirschen gestaucht und aufgefetzt. Glas klirrte und Holz splitterte.

Durch die heftige Erschütterung verloren Claus Koopmann und der Gangster das Gleichgewicht. Sie stürzten auf die Bootsplanken.

Plötzlich krachte es ohrenbetäubend, und eine gewaltige Stichflamme zuckte aus dem Heck des Bootes. Die Motorjacht war in grelle, blendende Helligkeit getaucht. Flammenschein beleuchtete die Anlegestelle.

Der Tank war explodiert, und die Druckwelle schleuderte die beiden Männer gegen den Steuerstand. Claus Koopmann spürte einen stechenden Schmerz in seinem Rücken. Grellrote Kreise tanzten vor seinen Augen.

Benommen richtete er sich auf. Verletzt hatte er sich nicht, sondern nur eine schmerzhafte Prellung zugezogen. Eddy dagegen lag zu seinen Füßen.

Koopmann zerrte den Bewußtlosen hoch und legte ihn sich über die linke Schulter. Er ignorierte die Schmerzen in seinem Rücken und balancierte an der Reling entlang. Er wollte nach vorn zum Bug und von dort hinüber auf den Steg.

Gerade als er das Tau am Bug gepackt und das Boot ganz nahe an den Steg herangezogen hatte, explodierte der zweite Tank. Die Jacht bäumte sich auf.

Koopmann schrie vor Schreck auf und geriet mit seiner schweren Last ins Wanken. Er torkelte gegen die Reling und drohte schon über Bord zu stürzen. Im letzten Moment gelang es ihm, den heftigen Stoß abzufangen. Keuchend rang er nach Luft. Die Flammen hatten schon den Steuerstand erreicht und leckten an den Aufbauten hoch.

Noch zwei, drei kritische Sekunden – und dann befand sich

Claus Koopmann mit dem bewußtlosen Gangster auf dem schneebedeckten, sicheren Anlegesteg. Er ließ Eddy sanft zu Boden gleiten und blickte sich nach Kommissar Nagel um. Seit seinem übereilten Hervorpreschen hinter den Tonnen waren nicht mehr als ein, zwei Minuten vergangen.

Dem Kommissar war es nicht gelungen, Vic Bröder an der Flucht zu hindern. Es widerstrebte ihm einfach, gezielt auf einen Menschen zu schießen, deshalb ließ er auch seine Dienstpistole im Halfter.

Claus Koopmann sah gerade noch, wie der schwere Mercedes mit aufheulendem Motor den Weg zur Hügelkuppe hochschoß.

Koopmann machte sich heftige Vorwürfe, als ihm klar wurde, was das bedeutete. Er unterdrückte einen Fluch und rammte die Fäuste in die Manteltaschen.

Das Unternehmen war so gut wie mißlungen, weil er sich nicht hatte beherrschen können. Jetzt hing alles von Adi Ehrlich und seinen Freunden ab, die dort oben zwischen den Bäumen postiert waren.

Aber was konnten sechs ehemalige Ganoven schon gegen einen zu allem entschlossenen Gangster wie Vic Bröder ausrichten?

Bodos Spezial-Schwinger

Von ihrem Versteck aus hatten Adi und seine Männer einen guten Überblick über das abfallende Gelände. Adi Ehrlich beobachtete durch ein Nachtglas, wie sich die Motorjacht dem Anlegesteg näherte.

„Scheint alles nach Plan zu laufen“, informierte Adi seine Freunde. „Das Boot legt an . . . Ah, jetzt sehe ich auch Klicker. Er schleicht sich langsam von hinten an Vic Bröder heran . . .“

„Dann hätten wir uns ja die Arbeit mit den Straßensperren sparen können“, sagte der Baron enttäuscht und zog den weißen Seidenschal fester um den Hals.

„Ja, sieht so aus“, sagte Adi, ohne das Nachtglas von den Augen zu nehmen.

Die Ganoven hatten mehrere Stunden wartend in der Eiseskälte verbracht. Kein Wunder, daß sie nun enttäuscht waren. Sie hatten gehofft, in Aktion treten zu können. Einzig Bodo Brocken verlor seine gute Laune nicht. Er hüpfte auf der Stelle, um sich warm zu halten, und machte Schattenboxen.

„Kannst du mir vielleicht mal verraten, was du mit diesen unförmigen Fäustlingen anfangen willst?“ knurrte Tino Tran. Er war schlechter Laune, weil es nichts zu tun gab und eisige Kälte durch seine nassen Schuhe drang und sich in seinem Körper ausbreitete. Außerdem beschlug seine Nickelbrille ständig, so daß er kaum etwas sah.

Bodo Brocken sah ihn verständnislos an, ohne im Hüpfen innezuhalten. „Wieso Fäustlinge? Das sind doch meine Boxhandschuhe!“

„Was du nicht sagst“, entgegnete Tino Tran streitlustig. „Ich wußte gar nicht, daß du heute nacht hier im Wald in den Ring steigen willst. Gegen wen trittst du denn an, Bodo? Gegen einen Schneemann?“

„Gegen überhaupt keinen“, erwiderte Bodo der Bomber freundlich. „Adi hat doch gesagt, daß wir uns warm anziehen sollen. Und wärmere Handschuhe als meine alten Boxhandschuhe gibt es nun mal nicht. Willst du mal eine Hand reinstecken?“

„Idiot!“ Tino Tran ärgerte sich maßlos, daß Bodo trotz seiner spöttischen Bemerkungen so ruhig und freundlich blieb. Eigentlich hatte er ja auch gar nichts gegen Bodo, aber seine Unzufriedenheit brauchte nun mal ein Ziel . . ., und dummerweise hatte er sich Bodo ausgesucht.

In seinem Ärger wandte sich Tino abrupt um – und rannte

dabei geradewegs gegen einen schweren, tiefhängenden Ast, der schneebeladen war. Schmerzhaft stieß er mit dem Kopf dagegen und erschütterte den Baum. Ganze Schneewolken stürzten von den Ästen des Baumes und hüllten ihn ein. Der Schnee rieselte ihm in den Nacken und setzte sich zwischen Brille und Augen. Jetzt sah er gar nichts mehr. Vor Schreck ließ Tino sich fallen.

Eine heftige Explosion durchdrang die Stille. „Man hat Klicker und Koopmann entdeckt!“ schrie Adi Ehrlich aufgeregt. „Vic Bröder flüchtet! An die Arbeit, Männer, los schnell!“ befahl er.

Die Ganoven stürzten aus ihrem Versteck und hatten im Handumdrehen die schmale Straße mit schweren spanischen Reitern gesperrt. Die Vierkanthölzer der Barriere waren zusätzlich noch mit grobem Stacheldraht umwickelt.

Blacky und der Baron liefen den Weg in Richtung Hauptstraße hinunter. Fünfzig Meter weiter lag eine zweite Straßensperre im Gebüsch versteckt, die sie nun quer über den Weg zerren mußten.

„Gleich muß er um die Biegung kommen!“ rief Fassaden-Carlo mit vor Aufregung heiserer Stimme, als das Motorengeräusch sich ihnen schnell näherte. Ohne daß er sich dessen richtig bewußt wurde, formte er einen Schneeball. Seine Hände mußten einfach etwas zu tun haben.

„Los, geht in Deckung, Leute!“ rief Adi Ehrlich. „Ich wißt, wie ihr euch zu verhalten habt ...! He, Tino ...! Du läufst in die falsche Richtung!“

Tino Tran taumelte durch den hohen Schnee parallel zum Weg in Richtung Hauptstraße, während er seine Brille putzte. Dabei schimpfte er unaufhörlich vor sich hin. Das Hemd klebte ihm klitschnaß am Rücken. Er wollte zu dem Hotel-VW-Bus, der jenseits der zweiten Barriere versteckt geparkt stand. Für ihn war die Gangsterjagd gelaufen. Ihm reichte es endgültig ...

„Carlo . . .! Hol Tino zurück!“ Doch schon im nächsten Moment widerrief Adi der Trickser seine Anweisung. „Vergiß es, Carlo! Der Wagen . . .! Bröder kommt!“

Der schwere metallicfarbene Mercedes kam um die Kurve geschossen und raste auf die Straßensperre zu. Gut sechzig Meter trennten Vic Bröder noch von der Barriere. Plötzlich flammte das grelle Fernlicht auf und tauchte den von hohen Bäumen gesäumten Weg in gleißendes Licht.

„Mein Gott, der Kerl ist ja wahnsinnig!“ entfuhr es Adi ungläubig. „Er versucht die Straßensperre mit Gewalt zu durchbrechen!“

„Soll er's nur versuchen“, meinte Fassaden-Carlo grimmig. „Er wird sich das Genick brechen . . .“

Im nächsten Augenblick zischte der Mercedes wie ein Geschoß an den hinter Sträuchern kauernden Ganoven vorbei. Der Wagen zog einen Schneeschleier hinter sich her. Für den Bruchteil einer Sekunde sah Adi Ehrlich das verkniffene Gesicht des Mannes hinter dem Steuer. Dann war der Wagen vorbei und raste auf die Barriere zu. Noch zehn Meter . . .

„Junge, Junge, das gibt ganz schöne Beulen“, murmelte Bodo und fuhr sich mit dem Boxhandschuh über den Kopf.

Fassaden-Carlo erwiderte etwas. Doch das, was er zu Bodo sagte, ging in dem infernalischen Bersten, Krachen und Kreischen unter, als der Mercedes nun mit voller Wucht die Barriere rammte.

Drei der fünf Vierkanthölzer splitterten. Holzstücke flogen durch die Luft. Der linke Scheinwerfer ging klirrend zu Bruch und erlosch. Ein armlanges Balkenstück krachte gegen die Frontscheibe. Sofort durchzogen tausend feine Sprünge das Glas, das milchigweiß und völlig undurchsichtig wurde.

Der Kühler wurde eingedrückt. Die Motorhaube sprang auf, und der Stacheldraht ratschte mit einem häßlichen Geräusch über eingedrücktes, aufgerissenes Blech.

Vic Bröder verlor die Gewalt über den Wagen. Die Lenkung

Krachen und Kreischen ertönte, als der Mercedes die Barriere rammte

war blockiert. Zudem war nun auch der zweite Scheinwerfer ausgefallen, und durch das gesplitterte milchige Glas der Frontscheibe war nicht mehr das geringste zu erkennen. Benommen hing der Gangster über dem Steuer.

Mit noch immer recht hoher Geschwindigkeit brach der Wagen mit dem Heck aus, krachte mit der linken hinteren Seite gegen eine Tanne, säbelte die Rinde vom Baum und wurde auf die andere Seite des Weges geschleudert.

Der Mercedes drehte sich um die eigene Achse und kam nun völlig vom schmalen Weg ab. Von einer meterhohen Schneewolke eingehüllt, brach der Wagen durch das Gebüsch und Unterholz des Waldes und blieb schließlich in einer Schneemulde stecken – nur zwei Schritte von Tino Tran entfernt.

Eine fast unwirkliche Stille trat ein.

Heißer Dampf stieg aus dem demolierten Kühler.

„Ich will Klicker heißen, wenn der das überlebt hat", murmelte Tino, setzte seine noch feuchte Brille auf und trat vorsichtig an das Autowrack heran. Hinter sich hörte er Bodo, Carlo und Adi durch den hohen Schnee stapfen.

Tino das Pferd irrte.

Vic Bröder war mit heiler Haut davongekommen und stieß genau in dem Moment die Fahrertür auf, als Tino herantrat. Die Wagentür erwischte den schmächtigen ehemaligen Ganoven voll an der Nase und schleuderte ihn rückwärts in den Schnee. Mehr aus Wut als vor Schmerz schrie Tino Tran auf, denn bei dem Sturz hatte er seine Brille verloren.

„Er hat Tino umgenietet!" brüllte Fassaden-Carlo wutentbrannt.

Adi, Carlo und Bodo verdoppelten ihre Anstrengungen, sich einen Weg durch den hohen Schnee zu bahnen. Bodo der Bomber verfügte über die größten Kräfte und lag deshalb auch an der Spitze. Wie ein Schneepflug stürmte er vorwärts und nahm dabei auch seine Boxhandschuhe zu Hilfe. Es sah komisch aus, doch es erfüllte seinen Zweck, denn er kam schnell vorwärts. Der ehemalige Boxer kochte innerlich vor Wut. Tino Tran konnte manchmal geradezu unausstehlich sein, aber das war noch lange kein Grund, ihn so grob zu behandeln und ihm die Tür vor die Brust zu stoßen – fand Bodo der Bomber.

Immer noch unter dem Einfluß leichter Benommenheit zerrte Bröder gerade den Koffer mit dem Falschgeld aus dem Wrack, als Bodo ihn erreichte. Er tippte ihm mit dem Boxhandschuh auf die Schulter. „Das hätten Sie besser nicht gemacht!" rief er aufgebracht.

Vic wirbelte herum. Ein gehetzter Ausdruck trat in seine Augen – und er versuchte zu fliehen. Vergebens.

„Tino ist mein Freund, und wer meinen Freunden was tut, bekommt es mit mir zu tun!" sagte Bodo ernst und verpaßte dem Gangster seinen gekonnten Super-Schwinger. Vic stürzte rückwärts in den Schnee und blieb benommen liegen.

Als Vic sich wieder aufzurichten versuchte, waren bereits Carlo und Adi zur Stelle. Sie hielten Vic in Schach, der einen lästerlichen Fluch ausstieß.

Mit offenem, wehendem Trenchcoat tauchte Kommissar Klicker so schnell er konnte auf der Hügelkuppe auf.

„Adi ... Was ist ... Haben Sie ihn?" brüllte der Kommissar aufgeregt, als er das Autowrack und die schattenhaften Gestalten zwischen den Bäumen entdeckte.

„Bodo hat ihn umgelegt!" rief Carlo.

„Nein! Um Gottes willen!" stieß der Kommissar erschrocken hervor.

„Mit einem Bodo-Spezial!" beruhigte ihn Adi.

„Gott sei's gedankt!" stöhnte Kommissar Nagel. Mit hochrotem Gesicht, schweißnasser Glatze und völlig außer Atem lehnte er sich gegen den demolierten Mercedes und wischte sich über die Stirn.

„Was ist mit Ihrem Assistenten?" erkundigte sich Adi.

„Alles klar", keuchte der Kommissar. „Beide haben sich an Land retten können. Der Kurier trägt schon Handschellen. Beeilen wir uns, daß wir von hier wegkommen. Möglicherweise hat jemand das Feuer am Ufer bemerkt und die Feuerwehr alarmiert. Aufsehen können wir jetzt nicht gebrauchen."

„Wo bringen wir die Gefangenen hin?" fragte Fassaden-Carlo. „Ins Polizeipräsidium?"

Der Kommissar schüttelte den Kopf. „Noch will ich die Aktion geheimhalten."

„Unser Vorrats- und Weinkeller im Hotel ist absolut ausbruchsicher", bemerkte Adi Ehrlich.

„Wenn das ein Angebot ist ...", begann Klicker.

„Das ist es!" versicherte Adi.

„... nehme ich es an", beendete der Kommissar seinen Satz.

Bröder der Köder

Eine steile, steinerne Treppe führte in den Keller des *Park-Hotels* hinunter. Adi Ehrlich schaltete das Licht an und ging voran. Herrlicher Duft schlug den Männern entgegen. Es roch nach geräuchertem Schinken, Käse, Kognak und Wein. Dieser Teil des Hotelkellers war ein altes Gewölbe, das schon im letzten Jahrhundert existiert hatte. Hier lagerten die Weinflaschen und ein Teil der großen Schinken und Käserollen.

„Ich protestiere!" rief Vic Bröder, als Kommissar Nagel ihm befahl, die Treppe hinunterzusteigen. „Ich verlange einen Anwalt!"

„Keine Sorge, den werden Sie schon noch früh genug sprechen können", beruhigte ihn der Kommissar. „Hören Sie sich aber erst mal an, was ich Ihnen zu sagen habe."

„Bullengeschwätz!" knurrte Vic Bröder abschätzig, tat jedoch, was der Kommissar von ihm verlangt hatte. Eddy, der Kurier, hatte seit seiner Verhaftung am Steg kein Wort gesagt und schwieg auch jetzt beharrlich weiter.

Eine nackte Glühbirne hing von der gewölbten Decke. Adi Ehrlich wies auf einen schweren, alten Eichentisch, auf dem gewaltige Schinken lagen, zog ein paar Stühle und Schemel heran und sagte: „Möchten Sie von unserem erstklassigen westfälischen Schinken probieren, Kommissar?"

„Das schlage ich nicht ab", antwortete Klicker und befahl den beiden Gangstern, sich hinzusetzen und ja keine Dummheiten zu machen.

Blacky war blitzschnell nach oben in die Küche geeilt und kam mit frischem Bauernbrot, Butter und einem Korb voll kühler Pilsflaschen zurück.

„Denke, wir haben uns einen kleinen Mitternachtsimbiß verdient", meinte Blacky und fand damit ungeteilte Zustimmung.

Der Kommissar und Tino, der Spezialist, unterzogen den Inhalt des Aktenkoffers einer sorgfältigen Prüfung, während Blacky einem der dicken Schinken mit einem scharfen Messer zu Leibe rückte. Sie waren überrascht, eine so große Summe Falschgeld zu finden. Es waren falsche Fünfziger und Hunderter im Wert von insgesamt einer halben Million.

Tino hielt einen Hunderter gegen das Licht und prüfte den Schein mit Kennerblick. „Keine so schlechte Arbeit", urteilte er. „Das Wasserzeichen läßt jedoch einiges zu wünschen übrig. Der Schnabel des Adlers ist zudem nicht stark genug gekrümmt, und die Krallen sind ebenfalls nicht sehr gut getroffen. Auch ist der Blauton zu kräftig. Der Mann, der diese Blüten hergestellt hat, ist nicht übel . . ., aber zur Spitzenklasse gehört er nicht."

„Sie würden das besser machen, nicht wahr?" raunte der Kommissar, biß herzhaft in das Schinkenbrot und nahm einen Schluck Pils.

Tino lächelte verhalten. „Ich glaube, darüber brauchen wir erst gar nicht zu diskutieren", sagte er selbstsicher.

„He, Kommissar!" begehrte Bröder nun auf und rasselte mit seinen Handschellen. „Was soll dieses Theater, Mann? Und wer sind diese Komiker, mit denen Sie sich da umgeben? Ich verlange einen Anwalt!"

Kommissar Nagel seufzte, stellte das Bierglas ab und gönnte sich noch zwei Würfel Käse, bevor er sich seinen Gefangenen widmete.

„Sie sind reif für den Knast, Bröder", begann Klicker unvermittelt. „Ich will Ihnen gleich reinen Wein einschenken. Ich weiß von dem illegalen Spielclub. Und heute haben wir Sie mit Falschgeld geschnappt. Außerdem haben Sie sich der Verhaftung widersetzt. Das alles zusammen bringt Ihnen runde zehn Jahre Gefängnis ein – und der beste Anwalt wird das nicht verhindern können."

„Sie sind reif für den Knast", sagte Kommissar Klicker

Vic Bröder wurde blaß wie ein Bettlaken.

„Unter Umständen können Sie jedoch mit ein, zwei Jahren auf Bewährung davonkommen", fuhr Klicker fort. „Vorausgesetzt, Sie arbeiten mit der Polizei zusammen und stellen sich der Anklage sozusagen als Kronzeuge zur Verfügung."

Vic Bröder war nicht auf den Kopf gefallen. Alle Beweise sprachen gegen ihn. Es gab nur einen Weg.

„Zum Teufel, Sie haben schon gewonnen, Kommissar."

„Dann nennen Sie uns die Namen der Hintermänner des Falschgeld-Syndikats!" forderte Klicker ihn auf. „Außerdem will ich wissen, wo das Syndikat sein Hauptquartier hat und wo die Blüten gedruckt werden!"

Bröder rang verzweifelt die Hände. „Das weiß ich alles nicht, Kommissar! Sie müssen mir glauben. Ich bekomme das Falschgeld stets durch einen Mittelsmann . . . wie Eddy. Und ab und zu läßt sich einer der Syndikatsleute in meinem Spielclub sehen. Bogart nennt sich der Kerl, aber das ist bestimmt ein falscher Name." Er beschrieb den Mann.

„Und sonst wissen Sie nichts?" fragte Klicker mißtrauisch.

„Nein!" versicherte Vic Bröder.

Kommissar Nagel bedachte ihn mit einem prüfenden Blick und kam zu dem betrüblichen Schluß, daß Vic Bröder wohl nicht die ganze Wahrheit sagte. Er seufzte und wandte sich dem Gangster Eddy zu. „Alles, was ich zu Vic Bröder gesagt habe, trifft auch auf Sie zu. Falschgelddelikt und Fluchtversuch. Eine runde Sache. Wollen Sie auspacken?"

Eddy zuckte mit den Achseln. „Gibt nicht viel auszupacken, Kommissar", knurrte er. „Ich weiß ebensowenig, wer hinter der Sache steckt. Bisher habe ich jedesmal einen Anruf bekommen und mußte mit meinem Boot an einer bestimmten Stelle sein, um einen Koffer in Empfang zu nehmen. Mein Auftraggeber hat mir dann gesagt, wo ich den Koffer abzugeben habe. Das war alles."

Kommissar Nagel gab sich keine Mühe, seine Enttäuschung zu verbergen. Die nächtliche Aktion am Bootssteg war ein voller Erfolg gewesen. Aber er hatte gehofft, von Vic Bröder und dem Kurier konkrete Hinweise auf die Drahtzieher, die großen Bosse der Falschgelddruckerei zu erhalten. Ihm waren mit Vic Bröder und Eddy im besten Fall zwei mittelgroße Fische ins Netz gegangen. Selbst wenn die beiden mehr wußten, als sie jetzt zugaben – was brachte das schon? Als der Kommissar die beiden nun über die Person des Spitzels befragte, der der Unterwelt vor einer Razzia stets Tips gab, war das Ergebnis gleich Null. Weder Eddy noch Vic Bröder kannten den Mann.

Adi Ehrlich und seine Freunde hatten das Verhör aufmerksam und schweigend verfolgt.

Plötzlich sprang Adi auf. Er winkte Tino Tran zu sich heran und raunte ihm etwas ins Ohr.

„Wenn du man nur keinen Fehler machst", seufzte Tino Tran. „Aber du bist der Boß!" Er verließ den Keller.

Indessen hatte Kommissar Klicker das Verhör abgeschlossen und starrte düster vor sich hin. Gedankenvoll kaute er auf seiner kalten Zigarre.

„Kommissar?" sprach Adi ihn an.

„Ja?"

„Mir ist ein Einfall gekommen, wie wir an die Drahtzieher herankommen könnten", begann er leise und zog Klicker in eine Ecke, wo weder Vic Bröder noch Eddy sie hören konnten.

Forschend sah der Kommissar ihn an. „An gerissenen Ideen hat es Ihnen nie gemangelt, Adi. Sie tragen ihren Namen zu Recht. Deshalb ist es Ihnen früher auch stets gelungen, mir ein Schnippchen zu schlagen ..., obwohl ich Sie letztlich doch bekommen hätte!" fügte er schnell hinzu.

Adi verkniff sich ein Schmunzeln. „Möglich", sagte er und kam dann zur Sache. „Gehen wir von den Tatsachen aus: Wir haben Vic Bröder, Eddy, den Koffer mit der halben Million Falschgeld sowie den Briefumschlag mit den zwanzigtausend Mark."

Kommissar Nagel nickte. „Eddy hätte den Briefumschlag dem am anderen Ufer wartenden Kontaktmann übergeben sollen. Aber die Unvorsichtigkeit von Koopmann und die Explosionen der Benzintanks haben den Burschen natürlich verscheucht."

„Vic und Eddy befinden sich in Haft und sind bereit, der Polizei zu helfen, um ihre Haut zu retten. Niemand weiß bisher, daß Sie sie auf frischer Tat geschnappt haben. Weiterhin können wir davon ausgehen, daß der Kontaktmann inzwischen die Syndikats-Bosse darüber informiert hat, daß der Kurier mit dem Geld nicht zurückgekommen ist und es eine Explosion gegeben hat. Das sind die Tatsachen."

„Richtig", stimmte Klicker zu. „Aber was haben Sie nun vor, Adi?"

„Wie würden die Syndikats-Bosse wohl reagieren, Kommissar, wenn Eddy untergetaucht bliebe und Vic Bröder seinen Geschäften wie immer nachgehen würde?" fragte Adi lauernd.

Klicker furchte die Stirn. „Das Syndikat würde Bröder natürlich auf die Zehen treten und zur Rechenschaft ziehen. Eine halbe Million ist kein Pappenstiel . . ., auch wenn es nur Blüten sind." Er strahlte plötzlich. „Himmel, Sie meinen, wir sollen Bröder als Köder benutzen?"

„Genau das dachte ich mir!"

Ein nachdenklicher Zug trat auf Klickers Gesicht. „Gehen wir mal davon aus, daß Vic Bröder mitspielt, was erstens gar nicht sicher ist und für uns eine Menge Gefahren mit sich bringen würde . . ., der Mann ist gerissen . . . Aber wenn er es tut, ist immer noch fraglich, ob das Syndikat wegen der Blüten ein so großes Risiko eingehen würde."

Adi der Trickser lächelte verschmitzt. „Nein, ganz bestimmt nicht. Bestenfalls würden die Männer vom Syndikat ein Dutzend Schläger dafür bezahlen, daß sie Bröders Casino zu Kleinholz machen."

„Und das brächte uns nicht einen Zentimeter weiter", bestätigte der Kommissar.

„Aber was geschieht", fuhr Adi fort, „wenn Vic Bröder dem Syndikat mitteilt, er werde von jetzt an groß ins Geschäft einsteigen und selbst Blüten herstellen . . ., Blüten, die dreimal besser sind als die des Syndikats?"

„Dann müßten die Drahtzieher aus ihrem Bau heraus", sagte der Kommissar ohne zu zögern. „Ihre Organisation stünde auf dem Spiel, falls wirklich bessere Blüten auf dem Markt auftauchen. Die Bosse müßten aktiv werden. Aber wie wollen Sie das anstellen, Adi?"

Tino Tran war inzwischen in das Gewölbe zurückgekehrt und reichte Adi Ehrlich mit sichtlichem Widerstreben eine Zigarrenkiste.

„Hiermit, Kommissar!" sagte Adi und klappte die Kiste auf.

Sie war bis oben hin mit Tino Trans falschen Hundertern gefüllt. „Gefälschte Hunderter!“

Kommissar Nagel starrte fassungslos auf den Geldstapel, nahm dann einen Schein heraus, trat unter die nackte Glühbirne und sagte schließlich: „Phantastisch! Erstklassige Arbeit. Ich kenne nur einen, der so etwas fertigbringt . . ., Tino das Pferd!“

Tino lächelte stolz und blickte in die Runde. Doch sein Lächeln erstarb, als Kommissar Klicker herumfuhr und scharf fragte: „Ihr habt euer Versprechen, die Finger von krummen Geschäften zu lassen, gebrochen!“

Adi zog den Kommissar schnell wieder in die Ecke. „Nun

„Erstklassige Arbeit!“ rief der Kommissar anerkennend

mal langsam, Kommissar! Ich glaube, Sie sind ein wenig vorschnell mit Ihrem harten Urteil."

Tino Tran schwitzte Wasser und Blut.

„Vorschnell?" fragte der Kommissar ungehalten. „Sind das nun Blüten von Tino oder nicht?"

„Es sind welche", gab Adi zu.

„Also!"

„Sie stammen aber aus einer früheren Produktion", sagte Adi hastig, „als Tino noch seinen ... alten Geschäften nachging. Es sind sozusagen Restbestände."

„So, Restbestände." Der Kommissar sah ihn skeptisch an. „Und das soll ich Ihnen abnehmen?"

„Das ist die Wahrheit!" Adi Ehrlich zuckte mit keiner Wimper und hielt dem stechenden Blick des Kommissars stand. „Sie haben mein Wort, Kommissar. Für Tino lege ich die Hand ins Feuer. Wenn das zudem brandneue Blüten wären, hätte ich sie Ihnen doch wohl kaum unter die Nase gehalten, oder? Für so dumm werden Sie mich hoffentlich nicht halten." Er gab seiner Stimme einen leicht gekränkten Klang.

Das schien den Kommissar zu überzeugen, denn sein verkniffenes Gesicht hellte sich wieder auf. „Nun gut, ich muß Ihnen glauben. Mir bleibt keine andere Wahl. Aber allein der Besitz von Falschgeld in solchen Mengen ist eigentlich schon strafbar. Tino hätte mir die Blüten aushändigen müssen. Schon vor Monaten!"

Adi ließ sich seine Erleichterung nicht anmerken. „Sie müssen Tino verstehen", bat er um Verständnis. „Er sieht sich als Künstler und möchte natürlich einige Exemplare seiner künstlerischen Arbeit behalten ..., quasi als Erinnerungsstücke."

„Aber doch nicht gleich zwei-, dreihundert Stück!" sagte Kommissar Klicker vorwurfsvoll. „Ich glaube eher, daß Tino sich diesen stattlichen Berg Blüten für Notzeiten zurückgelegt hat."

Adi Ehrlich zuckte mit den Achseln und dachte: *Wenn du wüßtest, Klicker, daß Tino nicht nur zwei-, dreihundert falsche Hunderter, sondern den ganzen Hotelsafe voll Blüten hat, Tausende!* Laut sagte er dann: „Seien Sie froh, daß Tino so viele Blüten aufbewahrt hat, Kommissar. So haben Sie eine gute Chance, das Syndikat auszutricksen, was Ihnen mit nur drei, vier falschen Hundertern bestimmt nicht gelingen würde."

„So gesehen hat die Sache natürlich auch seine gute Seite", gab der Kommissar zögernd zu.

„Eine verdammt gute Seite sogar", bekräftigte Adi Ehrlich. „Stellen Sie sich mal vor, was passiert, wenn Bröder diesen Packen Hunderter den Syndikatsleuten unter die Nase hält und ein paar markige Sprüche vom Stapel läßt – zum Beispiel: ‚Was brauche ich eure lausigen Blüten, wenn ich wirklich erstklassiges Falschgeld haben kann!' Die Burschen werden nie und nimmer auf den Gedanken kommen, daß es sich um einen Bluff handeln könnte, nicht bei dieser Menge. Ich sage Ihnen, Kommissar, sie werden den Köder samt Haken schlucken!"

„Das könnte wirklich klappen", sagte der Kommissar, und seiner Stimme war die Erregung anzuhören. „Vorausgesetzt Vic Bröder macht mit."

Adi zog spöttisch die Augenbrauen hoch. „Hat er eine andere Wahl?"

Klicker lächelte. „Nein."

„Damit ist das also klar", stellte Adi zufrieden fest. „Und jetzt zu Punkt zwei meiner Idee."

„Punkt zwei?" wiederholte Klicker verwirrt.

„Ich meine den Spitzel", erklärte Adi. „Den können Sie im Zuge der Aktion auch gleich entlarven."

Klicker runzelte die Stirn. „Sie meinen den Verräter im Polizeipräsidium?"

„Ja. Niemand weiß, daß Vic Bröder von Ihnen verhaftet wurde und nun gezwungenermaßen mit Ihnen zusammenarbeitet", erläuterte Adi der Trickser ihm nun den zweiten Teil seines Planes. „Wenn Sie also morgen im Präsidium verlauten lassen, daß Sie eine Razzia in Bröders *Pampus-Bar* planen . . ."

„. . . wird dieser elende Verräter nichts Eiligeres zu tun haben, als Bröder zu warnen", vollendete der Kommissar für Ali den Satz.

„Bestimmt wird sich der Spitzel für seine Tips bezahlen lassen", fuhr Adi fort. „Wir brauchen nur ständig in Bröders Nähe zu sein, um den Informanten zu entlarven. Sie schlagen so zwei Fliegen mit einer Klappe!"

„Genial, einfach genial!" rief der Kommissar begeistert und sah Adi voller Hochachtung an. „Ich bin froh, daß wir nicht mehr gegeneinander arbeiten müssen. Aber wie sollen wir die Überwachung von Bröder sicherstellen? Der Mann ist gefährlich! Und ich kann keine Kollegen anfordern, wie Sie wissen . . ."

„Das übernehmen wir", Adi machte eine Handbewegung, die seine Freunde einschloß.

„Aber das *Park-Hotel . . .",* begann Klicker.

Adi fiel ihm ins Wort: „. . . wird morgen sowieso vorübergehend geschlossen. Wir machen bis Neujahr Betriebsferien. In drei Tagen ist schon Weihnachten. Für unser kleines Hotel lohnt es sich nicht, während der Festtage den Betrieb aufrechtzuerhalten. Schon während der letzten Woche hatten wir kaum noch Gäste. Es paßt also gut. Wir stehen zu Ihrer Verfügung, Kommissar!"

„Ausgezeichnet!" Klicker klappte die Zigarrenkiste mit Tinos Blüten zu. „Dann lassen Sie uns gleich mit der Arbeit beginnen, Adi. Es gibt noch eine Menge zu besprechen. Zuerst aber wollen wir hören, was Vic Bröder sagt. Hoffentlich ist er auch wirklich klug genug, zu erkennen, daß ihm keine andere Wahl bleibt, als mitzumachen."

Kommissar Klicker wurde nicht enttäuscht. Der Besitzer des illegalen Spielclubs erklärte sich ohne langes Zögern dazu bereit, zusammen mit dem Kommissar und Adis Freunden dem Syndikat in seinem Club eine Falle zu stellen. Allerdings glitzerten seine Augen gefährlich . . .

Im Spielcasino

Baron Heiner von Hohenschlaufe musterte am nächsten Abend seine Freunde mit einem spöttischen Blick, sog an einem dünnen Zigarillo und sagte dann anzüglich: „Ich erkenne euch gar nicht wieder. Ich bin sicher, ihr werdet auf die Besucher des Spielclubs einen nachhaltigen Eindruck machen!"

„Nun riskier man keine dicke Lippe", knurrte Fassaden-Carlo. „War gar nicht so leicht, auf die schnelle fünf Smokings aufzutreiben."

„Das sieht man", konnte sich der Baron nicht verkneifen zu sagen.

Adi Ehrlich, Fassaden-Carlo, Tino Tran, Blacky und Bodo waren wirklich kaum wiederzuerkennen. Jeder von ihnen trug einen schwarzen Smoking, ein gestärktes weißes Hemd mit schwarzer Samtfliege sowie glänzende Lackschuhe. Sie machten in dieser festlichen Kleidung nicht den Eindruck, als würden sie sich besonders wohl fühlen. Nur Adi paßte der Smoking leidlich gut. Fassaden-Carlo hatte wegen seiner hageren Gestalt schon Schwierigkeiten, Hose und Jackett auszufüllen. Dasselbe galt für Tino Tran, während Blacky und vor allem Bodo Brocken die Nähte ihrer Kleider auf eine arge Belastungsprobe stellten. Bodo wagte nicht, tief Luft zu holen.

Der Baron hatte gut spotten. Er trug seinen eigenen Smoking. Eine Maßanfertigung aus alten Zeiten, als er noch als Hochstapler die Städte Europas unsicher gemacht hatte. Sein Smoking saß wie eine zweite Haut.

„Wir sind nicht hier, um Eindruck zu schinden, sondern um Vic Bröder zu bewachen und die Augen aufzuhalten!" sagte

Adi Ehrlich mit zurechtweisender Schärfe zu Heiner von Hohenschlaufe.

Die sechs Freunde hielten sich in den Privaträumen von Vic Bröder auf, die durch einen Flur mit der *Pampus-Bar* und dem illegalen Spielcasino verbunden waren. Sie hatten sich hier versammelt, um zusammen mit Kommissar Nagel und Bröder die letzten Einzelheiten zu besprechen. In einer halben Stunde würden Bröders Casinoangestellte die ersten Spieler einlassen.

„Möchte nur wissen, wo Klicker und Bröder bleiben." Blacky blickte auf seine Uhr.

In diesem Moment ging die Tür auf – und Vic Bröder trat herein, gefolgt von einem grauhaarigen Mann mit schwarzer Hornbrille, der zu einer schwarzen Hose ein weißes Dinnerjackett trug. Der Grauhaarige schob einen Rollstuhl vor sich her. Mit einem Stoßseufzer der Erleichterung schloß er hastig hinter sich die Tür. Dann fuhr er mit der rechten gespreizten Hand in das silbrige Haar, zerrte heftig daran, als wollte er sich die Haare ausreißen – und hielt im nächsten Moment die Perücke in der Hand. Kommissar Klickers markante Glatze kam darunter zum Vorschein, glänzend vor Schweiß.

„Himmel, hätte nie gedacht, daß man unter einer Perücke so mörderisch schwitzen kann", stöhnte der Kommissar und wischte mit einem Taschentuch über die feuchte Glatze.

„Der Silberschopf steht Ihnen aber hervorragend", bemerkte Fassaden-Carlo spöttisch. „Und das weiße Dinnerjackett sitzt auch nicht übel."

Klicker verzog das Gesicht. „Ganz im Gegensatz zu dieser verdammten Hornbrille, die offenbar zwei Nummern zu klein für mich ist und hinter den Ohren drückt!"

Nun mischte sich Vic Bröder in das Gespräch. „Ich habe mich bereit erklärt, Ihnen zu helfen, Kommissar", sagte er mühsam beherrscht. „Aber das mit dem Rollstuhl ist eine Zumutung. Damit gehen Sie zu weit!"

Adi blickte den Kommissar fragend an. „Wozu brauchen

wir den Rollstuhl?" erkundigte er sich.

„Für unseren Freund hier." Klicker deutete auf Vic Bröder. „Vertrauen ist gut, Kontrolle ist besser. Nun explodieren Sie nicht gleich wieder, Bröder! Sie werden sich in diesen Rollstuhl setzen – oder eine Zelle im Untersuchungsgefängnis beziehen. Entscheiden Sie sich!"

Vic Bröder funkelte den Kommissar wütend an, nahm dann aber mit einer abrupten Bewegung in dem Rollstuhl Platz. „Erpressung ist das!" zischte er.

Kommissar Nagel lächelte entwaffnend. „So würde ich es nicht nennen, Vic. Es ist eine reine Vorsichtsmaßnahme. Eine Sehnenentzündung fesselt Sie für einige Zeit an den Rollstuhl. Jedenfalls werden Sie diese Auskunft geben, wenn man Sie fragt. Und Adi ist Ihr neuer Partner, der sich um Sie kümmert und den Rollstuhl schiebt. Sind wir uns einig?"

Vic Bröder preßte die Lippen zusammen und nickte knapp.

„Wunderbar", sagte der Kommissar und warf Adi einen belustigten Blick zu. Er traute Vic Bröder nicht über den Weg. Es war nicht auszuschließen, daß Vic versuchen würde, ihn bei der nächstbesten Gelegenheit zu hintergehen und zu flüchten. Er durfte deshalb nicht eine Sekunde unbewacht sein. Deshalb war er auf die Idee mit dem Rollstuhl verfallen.

„Okay, gehen wir alles noch mal durch", meinte Adi der Trickser. Und Kommissar Klicker erklärte zum wiederholten Mal, was jeder zu tun und worauf er zu achten hatte. Er schloß mit den Worten: „Falls irgend jemand etwas Verdächtiges bemerkt, meldet er das entweder Adi oder mir persönlich. Ich werde mich hinter der Bar aufhalten."

„Den Job hätte ich auch gern", murmelte Blacky und zerrte an seinem engsitzenden Jackett.

„Denkt daran, daß die Casinoangestellten uns für ihresgleichen halten!" erinnerte Adi seine Freunde. „Ich bin Vic Bröders neuer Partner. Seid also nett zu ihnen..., so als würden wir wirklich alle zu derselben Gang gehören!"

„Machen wir, Boß!“ versicherte Tino Tran.

Klicker wandte sich Vic Bröder zu. „Und vergessen Sie nicht, daß Sie an den Rollstuhl gefesselt sind. Sowie Sie irgendeinen faulen Trick versuchen, gilt unsere Abmachung nicht mehr!“

Vic Bröder bedachte den Kommissar mit einem grimmigen Blick. „Sie brauchen nicht zehnmal am Tag zu wiederholen, daß Sie die besseren Karten in der Hand halten. Ich gehöre nicht zu dieser Sorte von Schwachköpfen“, sagte er und deutete mit einer Kopfbewegung auf Bodo Brocken.

Der Kommissar ersparte sich eine Erwiderung und öffnete die Tür. Adi Ehrlich schob den Rollstuhl so heftig an, daß Vic Bröder hart gegen die Rückenlehne gedrückt wurde und einen unterdrückten Fluch ausstieß, was Adi mit einem zufriedenen Lächeln quittierte. Er mochte es ganz und gar nicht, daß Vic Bröder glaubte, sich ein derartiges Urteil über Bodo erlauben zu können. Wie zufällig steuerte Adi den Rollstuhl so nahe an einem im Flur hängenden Feuerlöscher vorbei, daß Bröder mit dem Knie schmerzhaft dagegenstieß.

„Können Sie nicht aufpassen, wohin Sie mich schieben, Sie Idiot?“ fauchte der Spielclub-Besitzer und rieb sich das schmerzende Knie. „Wenn Sie so weitermachen, bin ich bald wirklich auf diesen verdammten Stuhl angewiesen!“

„Tut mir leid, Vic“, entschuldigte sich Adi Ehrlich und verkniff sich ein breites Grinsen. „Mir fehlt noch die Übung. Aber das kommt schon. Ich tue mein Bestes.“

„Das ist aber reichlich wenig!“ erwiderte Bröder wütend.

„Schreien Sie nicht so laut!“ wies ihn Kommissar Klicker nun zurecht und warf Adi einen mißbilligenden Blick zu. Er wußte sehr wohl, daß Adi der Trickser absichtlich gegen die Ecke gefahren war. „Man wird Sie hören. Und es macht keinen guten Eindruck, wenn Sie sich mit Ihrem Geschäftspartner – und das ist Adi nun mal – lauthals streiten.“

„Hätte ich mich doch nie auf diese lächerliche Maskerade

„Können Sie nicht aufpassen, wohin Sie mich schieben?" fauchte Vic

eingelassen", brummte Vic Bröder und fiel dann in brütendes Schweigen. Und keiner bemerkte das Glitzern in seinen Augen ...

Durch eine lautlos auf Rollen gleitende Schiebetür betrat die Gruppe den illegalen Spielclub, der soeben seine Pforten geöffnet hatte.

„Nobel, nobel", bemerkte der Baron und ließ seinen Kennerblick prüfend durch den weitläufigen Raum schweifen, der die Form eines *L* hatte.

Die vorherrschenden Farben in diesem eleganten Club waren Schwarz, Gold und Purpurrot. Ein himmlisch weicher, goldfarbener Teppichboden dämpfte die Schritte der Besucher und Clubangestellten, die nur mit gesenkter Stimme sprachen. Die Wände waren mit einem seidigen schwarzen Stoff bespannt. Feine goldene und rote Streifen waren in das seidige Material eingewebt und unterteilten den Stoff in großflächige Rechtecke.

Die Beleuchtung war dezent und kam von den schweren Lüstern, die von der Decke hingen. Das Licht brach sich in unzähligen Kristallen. Neun Spieltische zählte der Baron – Black Jack, Roulette und Würfeltische. Gut drei Meter lagen zwischen den einzelnen Spieltischen, so daß sich niemand beengt fühlen mußte.

„Wir teilen uns jetzt auf", wiederholte der Kommissar noch einmal ihren Einsatzplan. „Ich begebe mich wie ausgemacht hinter die Bar. Sie befindet sich dort drüben in dem kurzen Seitentrakt des Clubs. Wenn irgend etwas ist, gebt mir Bescheid, okay?"

Die Männer nickten zustimmend.

„Dann auf eure Posten. Blacky und Tino, ihr geht nach oben zu den Pokertischen. Haltet euch möglichst unauffällig im Hintergrund. Ihr sollt nur beobachten und sonst nichts. Das gilt übrigens für euch alle."

„Verstanden!" Blacky zwinkerte dem Baron zu und begab sich mit Tino Tran in den oberen Raum des Spielclubs, in den man über eine Wendeltreppe gelangte.

Der Kommissar wandte sich Fassaden-Carlo und dem Baron zu. „Ihr bleibt hier und haltet den Eingang im Auge. Und Adi kümmert sich um Vic Bröder . . ."

„Und was ist mit mir?" fragte Bodo der Bomber.

„Du hältst dich, wie vereinbart, in meiner Nähe auf!" Der

Kommissar gab ihm ein Zeichen, ihm zur Bar zu folgen.

Vic Bröders illegaler Spielclub erfreute sich großer Beliebtheit, wie man auf den ersten Blick feststellen konnte. Der Club hatte erst seit zehn, fünfzehn Minuten geöffnet, und doch hielten sich schon rund vierzig, fünfzig Gäste in dem Raum auf und umstanden die Spieltische.

Adi der Trickser wunderte sich nun nicht mehr, daß das Syndikat so sehr an einer Zusammenarbeit mit Vic Bröder und seinem Spielclub interessiert war. Der nächtliche Umsatz mußte enorm sein.

Wenn man es einigermaßen geschickt anstellte, war es ein Kinderspiel, hier große Mengen von Falschgeld unter die Leute zu bringen. Es gab nämlich, wie in einem offiziellen Casino, eine Kasse, wo die Spieler Bargeld gegen Jetons eintauschen mußten. Mit den Jetons konnten sie dann überall an den Tischen spielen. Verließen die Spieler schließlich den Club, brachten sie ihre restlichen Jetons oder die gewonnenen zur Kasse – und bekamen dann das Falschgeld ausgezahlt. Unter der Theke hatte der Kassierer nämlich zwei Fächer: eins mit Blüten und eins mit sauberem Geld.

Einfacher ging es nun wirklich nicht. Und falls doch einer der Besucher den raffinierten Betrug bemerkte, brauchten die Gangster sich nicht allzu viele Sorgen zu machen. Da schon der Besuch eines verbotenen Spielclubs strafbar war, würde derjenige bestimmt nicht so dumm sein und zur Polizei gehen.

Der Glückspilz

Die Stunden vergingen.

Der Club füllte sich immer mehr. An den Roulettetischen und in der oberen Etage beim Poker wurde mit hohen Einsätzen gespielt.

Der Kommissar und Adi und seine Freunde warteten darauf, daß *irgend etwas* passierte. Nach dem, was gestern unten am Bootshaus vorgefallen war, würde sich das Syndikat melden *müssen.*

Während der nächsten zwei Stunden ereignete sich nichts Nennenswertes. Zwei Spieler, die viel Geld verloren hatten, wurden kurzfristig laut – und sofort an die frische Luft gesetzt. Und die dicke Frau erhöhte ihren Gewinn auf sechzigtausend, bevor sie kurz nach zwei den Club triumphierend verließ.

Es war halb drei, und es wurde nur noch an wenigen Tischen gespielt, als Vic Bröder plötzlich im Rollstuhl zusammenfuhr und Adi am Jackenärmel zupfte.

„Da . . . Das ist er!" stieß Vic Bröder aufgeregt hervor und deutete auf einen Mann, der soeben den Spielclub betreten hatte und sich suchend im Raum umsah.

„Von wem sprechen Sie?" fragte Adi Ehrlich, vom stundenlangen Nichtstun und Warten erschöpft. Er unterdrückte mit Mühe ein Gähnen.

„Von dem Mann des Syndikates natürlich!" erklärte Vic Bröder mit rauher Stimme. Er räusperte sich. „Das da drüben ist er . . . Bogart!"

Adi war von einer Sekunde auf die andere wieder hellwach. „Sind Sie sicher?" fragte er knapp.

„Todsicher!"

„Dann hat sich das Warten wenigstens gelohnt", sagte Adi zufrieden. „Bin gespannt, was er uns zu sagen hat. Einen sehr fröhlichen Eindruck macht er mir nicht."

Vic Bröder schwitzte plötzlich. Schweißperlen traten auf seine Stirn. „Kommissar Nagel hat mir Schutz zugesagt. Ich verlange, daß alle mir versprochenen Sicherheitsmaßnahmen eingehalten werden!"

„Was wollen Sie denn?" Adi tat erstaunt. „Ich bin doch bei Ihnen."

„Pah!"

„Das klingt ja so, als hätten Sie auf einmal Angst."

Vic Bröder bereute schon lange, daß er sich auf den Handel mit Kommissar Nagel eingelassen hatte. Es war selbstmörderisch, sich mit dem Syndikat anzulegen. „Bogart ist so gefährlich, wie die Hölle heiß ist", keuchte er.

„Warten wir ab, wer sich die Finger verbrennt", erwiderte Adi der Trickser gelassen.

Bogart hatte den Besitzer des Spielclubs inzwischen entdeckt und kam mit federnden Schritten auf ihn und Adi, der mit ausdruckslosem Gesicht hinter dem Rollstuhl stand, zu. Er war von schlanker, kräftiger Gestalt und machte einen durchtrainierten Eindruck.

Ein Gegner, den man nicht unterschätzen sollte! dachte Adi Ehrlich und musterte sein Gegenüber genauer. Hubert Bogart trug einen zerknitterten eierschalenfarbenen Anzug sowie ein schwarzes Hemd und eine weiße, zum Anzugstoff passende Krawatte, die gleichfalls schon lange kein Bügeleisen mehr zu spüren bekommen hatte. Adi Ehrlich fühlte sich bei Hubert Bogarts Anblick an die amerikanischen Gangster der zwanziger Jahre erinnert. Es fehlten nur die Gamaschen!

Bogart blieb vor Vic Bröder stehen. Das scharfgeschnittene Gesicht des Gangsters wurde von einem unfreundlichen, fast drohenden Ausdruck beherrscht. „Seit wann sitzen Sie im Rollstuhl?" fragte er knapp und ohne jede Einleitung. Er beachtete Adi überhaupt nicht.

„Seit gestern", antwortete der Spielclubbesitzer mit belegter Stimme. „Eine schmerzhafte Sehnenzerrung."

Bogart zog spöttisch die Augenbrauen hoch. „Sind Sie sicher, daß es keine blauen Bohnen waren, die Sie in den Rollstuhl gezwungen haben?"

„Ganz sicher!"

Der Gangster zuckte mit den Achseln. „Wie Sie meinen, Vic. Wo können wir in Ruhe miteinander reden? Und zwar ohne Ihren Chauffeur!" Ohne seinen Blick von Vic zu nehmen, deutete er auf Adi.

„Ich glaube, es wird Zeit, daß Sie mich diesem Herrn vorstellen, Vic", machte sich Adi Ehrlich nun bemerkbar.

„Hat der Bursche was zu sagen?" fragte Bogart unfreundlich.

„Das will ich wohl meinen. Mehr als Ihnen vermutlich recht sein wird", antwortete Adi Ehrlich schnell, bevor Vic Bröder etwas Falsches sagen konnte.

„Was wollen Sie damit sagen?" bellte Bogart.

„Vic und ich sind Partner!"

Bogart machte ein verblüfftes, ungläubiges Gesicht. „Partner? Das soll wohl ein Witz sein, Vic ... Wozu brauchen Sie einen Partner?"

Vic Bröder hatte sich mittlerweile wieder fest in der Gewalt. Er mußte dieses abgekartete, gefährliche Spiel mitspielen, wenn er seine Haut retten wollte. Vielleicht ergab sich für ihn ja noch eine Chance! Deshalb unterdrückte er seine Angst vor der Macht des Syndikates und bestätigte Adis Worte.

„Adi ist an all meinen Geschäften zu fünfzig Prozent beteiligt."

„An *allen* Geschäften", bekräftigte Adi. „Ich bin über alles informiert ..., auch über seine Beziehungen zum Syndikat", fügte er leise hinzu.

„Zum Teufel ...", begann Bogart.

Mit zuckersüßer, übertriebener Freundlichkeit fiel Adi ihm ins Wort. „Heben wir uns die Argumente doch für später auf. Wie wäre es, wenn wir uns zum Gespräch in die Bar begeben würden? Da sind wir gänzlich ungestört. Der Barkeeper ist so gut wie taub."

Bogart bedachte Adi mit einem giftigen, finsteren Blick und folgte ihnen hinüber in die Bar. Auf eine Handbewegung hin verließ der *richtige* Barkeeper den Raum, während Kommissar Klicker auf seinem Posten blieb.

„Ich verlange eine Erklärung!" stieß Bogart hervor, kaum daß sie den ruhigen Barraum betreten hatten. „Es hat gestern eine

Explosion an Ihrem Bootshaus gegeben, Vic! Was aber noch viel merkwürdiger ist: Eddy ist seit gestern verschwunden! Haben Sie dafür eine plausible Erklärung?" Ein drohender Unterton schwang in seiner Stimme mit.

„*Sie* verlangen von *mir* eine Erklärung?" Vic Bröder gab seiner Stimme einen empörten Klang. „Das ist ja wohl die Höhe. Genau andersherum wird ein Schuh draus! Erst hetzen Sie mir diesen Killer auf den Hals . . ."

„Killer?" unterbrach ihn Bogart grob. „Wovon reden Sie überhaupt?"

„Von dem Überfall, der gestern stattfand!" sagte Adi grimmig.

„Was haben Sie damit zu tun?" knurrte Bogart verwirrt.

„Ich war gestern mit Vic dort unten", begann Adi seine Phantasiegeschichte. „Es war ein hundsgemeiner Überfall, Bogart. Eddy hat uns mit vorgehaltener Waffe gezwungen, ihm das Geld auszuhändigen, das dem Syndikat zustand. Er gab offen zu, daß er vorhat, mit dem Koffer voll Blüten und dem Bargeld zu türmen. Vic und ich wollten natürlich nicht einfach tatenlos zusehen, wie er uns und das Syndikat übers Ohr haute. Wir versuchten ihn auszutricksen. So kam es dann zur Explosion. Leider gelang diesem Mistkerl dennoch die Flucht. Er fuhr Vics Wagen zu Schrott und floh dann zu Fuß weiter!"

Bogart war einen Augenblick sprachlos.

„Genau wie Adi gesagt hat, hat es sich abgespielt", bestätigte Vic.

„Ich glaube, Sie können jetzt einen Drink vertragen, nicht wahr?" fragte Adi. „Was soll's denn sein?"

„Bloody Mary", sagte Hubert Bogart und fluchte unterdrückt. „Das hätte ich diesem Eddy nie zugetraut. Den knöpfen wir uns vor. Aber sollte das Syndikat herausfinden, daß Sie gelogen haben, sind Sie reif! Beide!" drohte er.

Adi Ehrlich sah ihn kalt an. „Sie vergreifen sich im Ton, Boogie!"

„Bogart!" verbesserte ihn der Gangster.

„Für uns bestand und besteht kein Grund", fuhr Adi ungerührt fort, „Ihre Organisation zu betrügen. Nicht wegen solch einer lächerlichen Summe."

„So?" Bogart verzog das Gesicht. „Eine halbe Million Blüten sind verdammt nicht lächerlich!"

Adi Ehrlich grinste geringschätzig. „Für andere mag das möglicherweise zutreffen, nicht aber für uns. Wir sind nicht länger auf Ihre minderwertigen Blüten angewiesen!"

Damit war die Bombe sozusagen gezündet.

Hubert Bogart runzelte verwirrt die Stirn. Er glaubte sich verhört zu haben. „Was sagten Sie?" Seine Stimme war heiser geworden. „Sie sind auf unsere *minderwertigen* Blüten nicht angewiesen?"

Vic Bröder zwang sich zu einem Lächeln, obwohl ihm wahrlich nicht danach zumute war. „Sie haben richtig verstanden, Bogart. Adi und seine Freunde sind selbst vom Fach. Sie haben mich überzeugt, daß es lukrativer ist, mit ihnen Geschäfte zu machen. Zumal ihre Blüten wirklich bedeutend besser sind."

„Das soll Sie aber nicht entmutigen, Boogie", sagte Adi Ehrlich ironisch.

„Bloody Mary!" Kommissar Klicker stellte das Glas mit der roten Flüssigkeit auf die Theke.

„Das kann doch nicht Ihr Ernst sein!" keuchte Bogart.

Adi Ehrlich zog drei falsche Hunderter aus seiner Jackentasche und reichte sie dem Gangster. „So sollten Blüten aussehen, Boogie. Sie dürfen sie behalten. Vielleicht lernt Ihr Fälscher davon."

Bogart prüfte die Hunderter. Und die Tatsache, daß die Blüten wirklich um mehrere Klassen besser waren als die des Syndikates, ließ seine Wut noch heftiger werden.

„Hören Sie, Vic!" preßte er hervor. „Sie können nicht einfach aussteigen!"

„Warum nicht? Ich habe ein besseres Angebot erhalten, und

das habe ich angenommen!"

„Mann, Sie sind lebensmüde!" zischte Bogart nun mit hochrotem Gesicht. „Das Syndikat legt fest, ob und wann jemand aussteigen kann."

„Das werden wir ja sehen", bemerkte Adi Ehrlich ungerührt.

Bogart funkelte ihn wütend an. „Sie haben nicht den Hauch einer Chance, Adi! Gute Blüten herzustellen reicht nicht! Ich warne Sie! Wenn Sie klug sind, übergeben Sie dem Syndikat die Druckplatten. Ich versichere Ihnen, daß Sie gut bezahlt werden."

„Und wenn ich es nicht tue?" erkundigte sich Adi.

„Dann werden Sie bald keine Freude mehr an Ihren Blüten haben!" drohte der Gangster.

Adi lachte verächtlich. „Sie wollen mir drohen, wo Ihr sogenanntes Syndikat noch nicht einmal in der Lage ist, einen mittelmäßigen Ganoven wie Eddy unter Kontrolle zu halten? Machen Sie sich nicht lächerlich. Ich bleibe auch weiterhin im Geschäft – und zwar auf eigene Rechnung, Boogie!"

„Ich glaube, mehr gibt es nicht zu sagen", fügte Vic Bröder hinzu.

Hubert Bogart kniff die Augen zusammen. „Okay, wenn ihr es nicht anders haben wollt, bitte! Wir sprechen uns noch, aber dann wird die Tonart ein bißchen rauher sein." Er griff nach seinem Drink und kippte die rote Flüssigkeit (die eigentlich aus Wodka, Tomatensaft, etwas Salz und Pfeffer sowie einem Tropfen der überaus scharfen Tabasco-Würze bestehen sollte) mit einem Zug hinunter.

Adi Ehrlich wußte sehr wohl, daß das Syndikat nicht tatenlos zusehen konnte, wie sich die Falschgeldkonkurrenz in ihrem Revier breitmachte. Sie würden etwas unternehmen müssen – und gerade das war es ja, was Kommissar Nagel sich wünschte. Trotzdem sagte er laut: „Wenn dein Boß soviel Grips wie dein Anzug Falten hat, Boogie, wird er uns in Ruhe lassen!"

Bogart knallte das leere Glas auf die Theke und setzte zu einer letzten Drohung an. Er öffnete den Mund – und stieß auf einmal ein verzweifeltes Röcheln aus. Er faßte sich entsetzt an die Kehle und rang nach Atem.

„He, was soll das bedeuten?" rief Bröder verwundert.

Bogart hörte ihn nicht. Er hatte das entsetzliche Gefühl, als stünden sein Magen, seine Kehle und sein ganzer Mund in Flammen. Tränen schossen ihm in die Augen. Seine Zunge schien lichterloh zu brennen.

„Wasser ... Wasser!" röchelte er.

„Um Gottes willen!" stieß Kommissar Klicker hervor. „Ich hab wohl zuviel scharfe Tabasco-Soße in den Drink getan!" Er war dem Gespräch zwischen Adi, Vic und Bogart so gespannt gefolgt, daß er beim Mixen des Drinks anstelle von nur einem Tropfen mindestens fünfzehn, wenn nicht gar noch mehr hineingespritzt hatte. Eine wahrhaft explosive Mischung!

Adi Ehrlich griff ohne lange zu überlegen zu dem Sodasiphon, der auf der Theke stand und spritzte dem nach Atem ringenden Gangster einen dicken Wasserstrahl in den weit geöffneten Mund. Bogart schluckte keuchend und bekam einen Teil in die falsche Kehle. Er verschluckte sich.

„Das ... war ... Absicht!" schrie er plötzlich wutentbrannt und griff nach einer leeren Champagnerflasche, die in einem Sektkübel steckte. „Dafür werdet ihr bezahlen, ihr Mistkerle!" Er wollte auf Vic Bröder losgehen.

Adi hatte mit einer solchen Wende des Gespräches nicht gerechnet und war somit unvorbereitet. Zwischen ihm und Bogart befand sich der Rollstuhl. Er mußte den Gangster irgendwie außer Gefecht setzen. So versetzte er dem Rollstuhl einen Stoß, in den er all seine Kraft legte.

Vic wurde hart in den Sitz gedrückt, als der Rollstuhl nach vorne schoß und das metallene Fußbrett gegen Bogarts Schienbeine krachte. Boogie-Bogart vergaß augenblicklich seinen Angriff. Die Flasche entglitt seiner Hand und zerschellte

„Das war Absicht!" schrie der Gangster wutentbrannt

am Boden, während der Syndikats-Kontaktmann zwischen die Barhocker stürzte und jammernd seine Schienbeine rieb.

„Volltreffer!" bemerkte Klicker anerkennend.

Bodo Brocken stürmte in die Bar. „Gibt es Arbeit, Boß?" fragte er hoffnungsvoll.

Adi nickte. „Unser temperamentvoller Freund hier scheint ein wenig überhitzt zu sein, Bodo. Eine Abkühlung könnte ihm nicht schaden."

Bodos Blick fiel auf den mit Eiswasser gefüllten Sektkübel. „Das haben wir gleich, Boß", sagte er und kippte das Eiswasser über Bogart aus, der vor Wut und Schreck aufbrüllte.

„Schaff ihn raus, Bodo!" befahl Adi.

„Mit Vergnügen." Bodo der Bomber packte den zappelnden

und um sich schlagenden Gangster an Jacke und Hose. Ein paar Nähte krachten. Er trug Bogart durch den schon fast leeren Spielsaal und ließ ihn draußen in einen hüfthohen Schneeberg fallen.

„Schade um den Anzug", bemerkte der Baron trocken.

„Aber schön kühl hat er's jetzt", erwiderte Bodo stolz.

Vic Bröder, dem der Schreck noch immer anzusehen war, ließ den Club schließen. Wenige Minuten später versammelten sich die acht Männer in Bröders Privaträumen.

„Das wird uns weder Bogart noch das Syndikat verzeihen", stöhnte der Spielclubbesitzer. „Sie werden toben vor Wut!"

Kommissar Klicker zog die Perücke vom Kopf. „Das war ja auch der Sinn dieser Aktion. Wir wollten sie provozieren. Sie sollen wütend sein . . ., denn ein wütender Gegner macht leicht verhängnisvolle Fehler."

Ein Freund des Clubs

Leises Stimmengemurmel erfüllte den Spielclub. Adi Ehrlich schob Vic Bröder im Rollstuhl durch den Saal. Er langweilte sich zu Tode. Und Vic war auch keine Ablenkung. Von Stunde zu Stunde wurde er schweigsamer.

Gestern war es zu dem handgreiflichen Zwischenfall mit Boogie-Bogart gekommen. Seitdem waren fast zwanzig Stunden vergangen. Und die ganze Zeit über waren sie, der Kommissar und seine Freunde, auf Posten gewesen – bis auf ein paar Stunden Schlaf, die sie sich am Morgen gegönnt hatten.

Auch die *Pampus-Bar* wurde bewacht. Man konnte nie wissen, was sich das Syndikat als Vergeltungsaktion einfallen ließ. Doch bisher hatte sich nichts ereignet. Auch der Verräter, den Kommissar Nagel endlich entlarven wollte, hatte sich noch nicht blicken lassen. Dabei hatte Klicker schon gestern das Gerücht von einer baldigen Razzia in der Spielhölle unter den Kollegen verbreitet . . .

Stunde um Stunde verstrich.

Während Adi sich zu Tode langweilte und der Baron sich bei seiner zweiten Flasche Champagner entspannte, litt Tino Tran Höllenqualen. Ihm war die Aufgabe zugefallen, das Geschehen in der sich dem Spielclub anschließenden *Pampus-Bar* zu beobachten, und das war so gar nicht nach Tinos Geschmack.

Erstens spielte seiner Meinung nach die Kapelle bedeutend zu laut, zweitens fühlte er sich in dem geliehenen Smoking ganz und gar nicht wohl, und drittens glaubte offensichtlich jeder halbwegs angeheiterte Gast, ihn anrempeln zu können. So war es kein Wunder, daß Tino das Pferd sich zurück in sein chaotisch-friedliches Büro im *Park-Hotel* wünschte.

Kurz nach Mitternacht sprach ihn plötzlich ein junger, sehniger Mann in Jeans und schwarzer Lederjacke an. Eine getönte Brille verbarg seine Augen. „He, hast du in diesem Schuppen was zu sagen?" fragte die Lederjacke.

Tino Tran wußte nicht, was er antworten sollte.

„Ich meine, weil du diesen Fummel trägst", erklärte die Lederjacke und deutete grinsend auf Tinos schlechtsitzenden Smoking. „Oder bist du nur zahlender Gast in diesem Neppladen?"

Entrüstung trat auf Tinos Gesicht. „Nein, um Himmels willen!" sagte er mit Nachdruck. „Ich gehöre zu . . . zur Truppe!"

„Okay, dann habe ich ja richtig vermutet", sagte die Lederjacke zufrieden. „Ich muß deinen Boß sprechen. Und zwar sofort, verstanden?"

„Tut mir leid, ich kann nicht jeden zum Boß führen, der das von mir verlangt. Vic kann verteufelt unangenehm werden, wenn man ihn wegen einer Kleinigkeit stört." Tino versuchte ganz bewußt, den Fremden hinzuhalten und ihm weitere Informationen aus der Nase zu locken.

Die Lederjacke dachte jedoch nicht daran, sich hinhalten zu lassen. Er packte Tino an den Aufschlägen des Smokings und zog ihn zu sich heran.

„Schon möglich, daß dein Boß unangenehm werden kann", sagte er drohend. „Aber dasselbe gilt für mich, wenn man mich verarschen will. Außerdem wird Vic Bröder dir alle Knochen brechen, wenn er erfährt, daß du mich hier aufgehalten hast. Wenn du mich nicht sofort zu ihm führst, kann es sein, daß er für eine verdammt lange Zeit aus dem Geschäft rausfliegt. Hast du mich verstanden?"

„Sicherlich!" beteuerte Tino erschrocken.

Die Lederjacke ließ ihn los. Er lächelte jetzt wieder. „Na also, wir verstehen uns. Bring mich zu Vic Bröder, aber ein bißchen plötzlich. Ich will mir nicht die Beine in den Bauch stehen."

„Natürlich ... äh ... folgen Sie mir bitte!"

Tino Tran führte die Lederjacke durch einen privaten Ausgang in den Flur, der zwischen der Bar und dem Spielclub lag. Hier wandte er sich dem Fremden zu. „Warten Sie bitte einen Augenblick. Ich muß Sie erst beim Boß ankündigen. Wen darf ich melden?"

Die Lederjacke zögerte mit der Antwort. „Sag nur, ein wichtiger Freund seines Spielclubs möchte ihn sprechen."

„Wie Sie wollen", meinte Tino Tran und eilte hinüber, um Adi Ehrlich und den Kommissar zu alarmieren. Den Kommissar fand er in der Bar, in ein erregtes Gespräch mit Blacky verwickelt.

„Kommissar!" rief Tino leise.

Weder Blacky noch der Kommissar beachteten ihn. Ihre Augen glänzten erregt, und ihre Gesichter waren gerötet.

„Das ist es!" rief Klicker begeistert. „Bœuf Stroganoff! Mit saurer Sahne, Gewürzgurken und gedünsteten Champignons.

Und dazu Bratkartoffeln ... Ein Traum ist das!"

Blacky nickte zustimmend und notierte sich das hastig auf einem kleinen Block, der neben ihm auf der Theke lag. „Aber anstelle von Bratkartoffeln würde ich locker-zarte Semmelknödel vorschlagen. Und als Vorspeise Krabbencocktail!"

Tino rang die Hände. „Blacky! Ich muß unbedingt ..."

„Augenblick!" unterbrach Blacky unwillig. „Siehst du denn nicht, daß wir beschäftigt sind? Wir besprechen das Essen für die Festtage!"

„Oh, da fällt mir noch etwas ein!" rief Klicker, berauscht von seinen eigenen Kochvorschlägen. „Hasenrücken gespickt ..."

„... mit Fettstreifen", vollendete Blacky sofort. „Frisch gemahlener Pfeffer und zerstoßene Wacholderbeeren sowie dünne Scheiben durchwachsenen Speck beilegen."

„Champignongemüse würde sich zu Hasenrücken anbieten", meinte der Kommissar eifrig.

Blacky nickte. „Champignongemüse und Rösti! Wie klingt das, Tino?"

Tino schluckte, aber nicht weil ihm das Wasser im Mund zusammenlief, sondern weil er fast verzweifelte. „Es klingt herrlich, aber im Augenblick ..."

Der Kommissar hob abrupt die Hand. „Jetzt hab ich's! Ich weiß, was Sie Heiligabend auftischen, Blacky!"

„Ja?" fragte Blacky gespannt. „Was? Sagen Sie's?"

„Ente! Schlicht und einfach Ente!" rief Klicker triumphierend.

„Genial!" Blacky klatschte in die Hände.

Tino nutzte den Moment andächtigen Schweigens. „Jemand will Vic Bröder sprechen!" stieß er hastig hervor. „Entweder ist es einer vom Syndikat oder der Verräter! Er sagte mir, ich solle ihn als wichtigen Freund des Spielcasinos bei Vic anmelden!"

Der verklärte Ausdruck auf Kommissar Nagels Gesicht verschwand augenblicklich. „Was? Und das erfahre ich erst jetzt? Los, geben Sie Adi und Vic Bescheid! Und führen Sie den

Burschen in Vics Büro. Alles andere läuft ab wie besprochen."

Während Tino und der Kommissar davonstürmten, blieb Blacky allein an der Bar zurück. Er murmelte vor sich hin: „Ente ist einfach genial. Als Vorspeise könnte ich eine Suppe kochen. Aber das wäre wohl zu einfallslos. Vielleicht Waldorfsalat oder zartes Geflügel... Ich muß auch überlegen, ob ich für die Ente Äpfel oder Orangenscheiben nehme. Das muß sehr gut überlegt werden..." Und das tat er auch, alles um sich herum vergessend.

Nachdem Adi, Vic und die anderen informiert waren, eilte Tino Tran zurück in den Gang. Adi schob Vic im Rollstuhl in das Büro, und der Kommissar verbarg sich hinter einer mannshohen spanischen Trennwand, die extra zu diesem Zweck aufgestellt worden war. So konnte er alles genau mit anhören und verfolgen, ohne selbst gesehen zu werden. Der Baron und Bodo Brocken hielten sich in der Nähe der beiden Bürozugänge auf, um im Notfall eingreifen zu können.

Kurz darauf führte Tino Tran die Lederjacke in das Büro.

Vic Bröder saß hinter seinem wuchtigen englischen Schreibtisch. An seiner Seite stand Adi Ehrlich.

„Sie wollen mich sprechen?" fragte Vic distanziert. „Machen Sie es kurz, ich habe nicht viel Zeit."

„Sie werden für das, was ich Ihnen zu sagen habe, bestimmt Zeit haben", antwortete die Lederjacke selbstsicher.

„So?" Vic Bröder trommelte mit den Fingern auf der Tischplatte. „Was haben Sie mir denn zu sagen?"

„Ich möchte Ihnen eine Information verkaufen", erklärte die Lederjacke. „Ich könnte mir denken, daß Sie daran interessiert sind, zu erfahren, wann die Polizei bei Ihnen eine Razzia zu machen gedenkt."

Vic gab sich überrascht. „Eine Razzia?"

Die Lederjacke grinste breit. „Richtig. Ich kann Ihnen den genauen Termin sagen, wenn wir uns über den Preis einigen."

„Und was haben Sie sich so vorgestellt?"

„Ein paar Tausender sollte Ihnen mein Tip schon wert sein", sagte die Lederjacke.

„Wie wär's mit fünftausend?"

„Zehntausend", verlangte der Verräter.

„Achttausend", erhöhte Vic sein Angebot. „Und keinen Hunderter mehr!"

Lederjacke nahm das Angebot an. „Abgemacht, ich bin ja kein Unmensch. Viertausend aber jetzt sofort und den Rest, wenn die Razzia vorbei ist. Den genauen Zeitpunkt der Polizeiaktion gebe ich Ihnen mindestens ein paar Stunden vorher durch. Sie haben also Zeit genug, um wegzuschaffen, was die Polizei besser nicht zu sehen bekommt."

„Und wer garantiert mir, daß Sie nicht bluffen und mit den viertausend einfach verschwinden?" fragte Vic Bröder scheinbar mißtrauisch.

„Erkundigen Sie sich bei Ihren Kollegen von der *Rio-Rita-Bar* ober bei Rex Fender, der in seiner Garage geklaute Autos umfrisiert und neu spritzt – alles meine Kunden gewesen", prahlte die Lederjacke stolz. „Sie sind nicht der erste, den ich warne!"

„Aber ganz sicher der letzte!" rief der Kommissar mit schneidender Stimme und trat hinter der Trennwand hervor. Er hatte genug gehört, um den Verräter überführen zu können. „Staudinger, Sie sind verhaftet!"

„Was?" Kriminalassistent Staudinger fuhr zu Tode erschrocken herum und starrte den Kommissar wie einen Geist an. Er schluckte, und ungläubiges Staunen zeichnete sich auf seinem Gesicht ab. „Kommissar Nagel!" stieß er krächzend hervor, und das Blut wich aus seinem Gesicht. Sein Adamsapfel tanzte wild auf und ab. Gehetzt blickte er sich um. Doch da traten schon Adi und Bodo ins Zimmer.

„Warum so überrascht, Kollege?" fragte Klicker mit beißendem Spott. „Oder sollten Sie gar nicht im Dienst sein, Staudinger?"

„Ich ... ich ... wieso ... woher ...?" stammelte Staudinger

und vermochte keinen Satz zustande zu bringen. Er war wie vor den Kopf geschlagen.

Klicker verzog verächtlich das Gesicht. „Sie haben sich für besonders gerissen gehalten, nicht wahr? Haben geglaubt, schlauer als Ganoven und Polizei zusammen zu sein, was? Mein Gott, ein lächerlicher Stümper sind Sie ... und ein mieser Verräter obendrein!"

Staudinger begriff langsam, was Klickers Gegenwart für ihn und seine Zukunft zu bedeuten hatte. „Kommissar, lassen Sie sich erklären ... Ich wollte nur Beweise sammeln. Sie müssen mir glauben!"

Der Kommissar blickte ihn kalt an. Er fühlte für ihn nur Verachtung. Sein Zorn war verraucht. „Sie werden bekommen, was Sie verdient haben, Staudinger! Anstelle von Geld bekommen Sie das hier!" Er hielt Handschellen hoch. „Stahl, solider Stahl. Im Gefängnis haben Sie dann genug Zeit, um über Ihren miesen Charakter nachdenken zu können!" Die Handschellen klickten zu.

Klicker wandte sich an Adi. „Mir wäre es lieb, wenn Sie mich mit meinem Verhafteten zum Polizeipräsidium begleiten würden. Wir könnten auf dem Weg auch gleich Eddy aus dem *Park-Hotel* mitnehmen. Es wird auch höchste Zeit, daß der Bursche in Untersuchungshaft kommt. Würden Sie mir den Gefallen tun?"

„Aber gern doch", erwiderte Adi.

„In spätestens vierzig Minuten sind wir wieder zurück. Und so lange werden Ihre Freunde die Stellung bestimmt halten können, nicht wahr?"

„Ohne Frage!" Adi winkte Bodo Brocken heran. „Hör zu, Bodo, du kümmerst dich um Vic Bröder, verstanden? Du weißt, daß er nicht eine Sekunde unbeaufsichtigt sein darf. Er darf auch nicht mit seinen Leuten vom Spielclub sprechen, klar? Los, wiederhole, was ich gesagt habe!"

Bodo der Bomber wiederholte brav die Anweisung. Fünf

Minuten später war er mit Vic Bröder allein und hatte keine Zweifel, daß er seinen Job zu Adis vollster Zufriedenheit erledigen würde. Auf ihn konnte man sich verlassen.

Vic Bröder hatte fünf Minuten angestrengt überlegt. Seine Chance war gekommen. „Bodo, könntest du mir wohl einen Gefallen tun?“ fragte er schließlich mit einschmeichelnder Freundlichkeit.

„Ich weiß nicht.“ Bodo furchte die Stirn. Er war entschlossen, seine Anweisung bis auf das i-Tüpfelchen zu erfüllen.

„Seit zwei Tagen schiebt mich Adi nun schon durch den Club“, beklagte sich Vic. „Mit niemandem darf ich sprechen, und das sehe ich ja auch ein. Aber allmählich halte ich das Nichtstun nicht mehr aus. Hättest du etwas dagegen, wenn ich mit einem meiner Freunde ein bißchen würfeln würde?“

Bodo Brocken dachte angestrengt nach und kam schließlich zu dem Ergebnis, daß Adi Würfelspiele nicht verboten hatte. „Nein“, erwiderte er. „Aber nur, wenn dabei nicht gesprochen wird.“

„Du hast mein Wort!“ versprach Vic Bröder mit falschem Pathos, und in seinen Augen blitzte es kurz triumphierend auf. „Ich habe aber noch eine weitere Bitte . . .“

„Ist das nicht ein bißchen zuviel verlangt?“ fragte Bodo gedehnt.

„Nur eine lächerliche Kleinigkeit“, beteuerte Vic hastig und blickte verstohlen auf die Uhr. Er mußte sich beeilen, wenn er seinen Plan durchführen wollte. Er deutete auf die Ledersessel, die gut vier Meter entfernt von seinem Schreibtisch standen und sagte: „Ich möchte gern, daß du dort drüben Platz nimmst und uns von da aus im Auge behältst, während wir hier würfeln. Es stört mich nämlich furchtbar, wenn mir jemand bei einem Glücksspiel über die Schulter guckt, verstehst du? Es bringt einfach Pech!“

Wieder überlegte Bodo Brocken angestrengt, vermochte jedoch nichts zu finden, was gegen eine Erlaubnis sprach. Wichtig war ja nur, daß Vic mit keinem seiner Leute unbeaufsichtigt sprechen konnte. Und was sollte er schon mit ein paar Würfeln anrichten?

Bodo der Bomber ahnte nicht, welch folgenschwerer Irrtum ihm damit unterlief.

Hermio, ein kantiger Bursche mit scharf gestutztem Schnurrbart, wurde über die Sprechanlage ins Büro gerufen.

„Laß uns eine Runde würfeln", eröffnete ihm Vic Bröder. „Aber ich will nicht, daß dabei gequatscht wird, okay?"

Hermio war verwirrt, nickte aber folgsam und setzte sich zu Vic Bröder an den Schreibtisch. Der Clubbesitzer holte einen kleinen Spiele-Koffer hervor und klappte ihn auf. Bodo Brocken vergewisserte sich mit einem flüchtigen Blick, daß der Koffer auch wirklich nur Spiele enthielt – nicht jedoch, *was für welche ...*

Bodo setzte sich in einen der Ledersessel. Und da Hermio ihm den Rücken zukehrte, bemerkte er nicht dessen verblüfftes Gesicht, als er sah, *welche* Würfel Bröder aus der Schachtel nahm.

Etwa zwanzig Minuten vergingen, und während dieser Zeit wurde zwischen Hermio und Vic Bröder nicht ein Wort gewechselt. Einzig das Klappern der Würfel war manchmal zu hören – und dann und wann mal ein unterdrückter Ausruf, den Bodo jedoch als natürliche Äußerung des Gewinners oder Verlierers deutete.

„Okay, das reicht für heute, Hermio", sagte Bröder unvermittelt und legte die Würfel wieder in die Schachtel zurück. „Danke. Jetzt geh an deine Arbeit. Du weißt ja, was du zu tun hast, nicht wahr?"

Hermio stand auf und leckte sich über die trockenen Lippen. „Sie können sich auf mich verlassen, Boß!" versicherte er mit heiserer Stimme.

„Na, viel verloren?" erkundigte sich Bodo Brocken mitfühlend, als er sah, wie bleich Hermio war.

Hermio lächelte gequält. „Man sollte eben nie den Fehler machen und Vic unterschätzen", sagte er vieldeutig.

„Ja, ja, das sagt Adi auch immer", stimmte Bodo ihm zu. Und Hermio verließ in Eile das Büro.

Minuten darauf kehrten Adi und der Kommissar zurück. „Irgend etwas passiert?" wollte Adi von Bodo wissen.

Bodo verneinte. „Hab ihn die ganze Zeit nicht aus den Augen gelassen. Er hat mit einem der Croupiers gewürfelt. Hier im Zimmer. Ich war dabei. Sie haben sich nicht unterhalten."

Adi nickte. „In Ordnung. Mal sehen, was die Nacht noch so bringt."

Vic Bröder blickte scheinbar gelangweilt auf seinen Schreibtisch, während er innerlich frohlockte. Während der letzten halben Stunde hatte er Blut und Wasser geschwitzt. Es hätte bloß der Baron oder dieser Blacky ins Büro kommen müssen, und sein raffinierter Plan wäre aufgeflogen. Denen hätte er nichts vormachen können.

Doch Bodo, dieser muskelbepackte Einfaltspinsel, ist mir auf den Leim gegangen! dachte Vic Bröder. *Die Karten sind neu verteilt, und diesmal halte ich die Trümpfe in der Hand. Von nun an wird der Spieß umgedreht, Klicker!*

Das Weihnachtsessen

Der kleine gemütliche Festsaal des *Park-Hotels,* der gleich neben der Hotelküche lag, erstrahlte im Glanz der Lichterkerzen und des geschmückten Weihnachtsbaumes. Es war Spätnachmittag. 24. Dezember.

Heiligabend!

Es duftete nach Gebäck, Pfefferkuchen, Süßigkeiten und verbrannten Tannenzweigen. Und aus der Küche drang herrlicher

Bratengeruch – und das Scheppern und Klirren der Töpfe und Pfannen. Schon seit Stunden machte sich Blacky dort voller Eifer zu schaffen.

An der ovalen Festtafel saßen Adi Ehrlich, Kommissar Klicker, der Baron, Tino Tran, Bodo Brocken und Vic Bröder. Es war zwar Heiligabend, doch es wollte so recht keine festliche Stimmung aufkommen.

„Nun macht nicht solche Gesichter", sagte der Kommissar. „Wir haben schon eine Menge erreicht. Wir haben den gemeinen Verräter entlarvt und sind dem Syndikat auf der Spur. Wir können mit diesem Zwischenergebnis zufrieden sein. Vergessen wir also die Verbrecherjagd für drei Tage."

Adi Ehrlich machte ein skeptisches Gesicht. „Ich bezweifle, daß sich das Syndikat während der Feiertage an so etwas wie einen Waffenstillstand gebunden fühlt."

Der Kommissar machte eine wegwerfende Handbewegung. „Das braucht es auch nicht, denn was können die Gangster schon unternehmen? Die Bar und der Spielclub sind über Weihnachten geschlossen und werden rund um die Uhr von meinen Leuten überwacht. Und wir alle sind angeblich verreist. Daß wir uns hier im *Park-Hotel* aufhalten, weiß nur mein Assistent Koopmann – niemand sonst. Nein, der Tanz geht erst nach Weihnachten wieder los!"

Vic Bröder unterdrückte ein höhnisches Lachen und dachte: *Du wirst dich wundern, Klicker! Heute ist Bescherung, und ich habe mir eine wirklich schöne Überraschung für dich ausgedacht, die du nie vergessen wirst!*

„Ihr Wort in Gottes Ohr, Kommissar", sagte der Baron.

Bevor Klicker noch etwas sagen konnte, steckte Blacky den Kopf zur Tür herein. Sein Gesicht glühte. ‚Na, knurrt euch schon der Magen? He, wo ist denn Carlo? In ein paar Minuten gibt es die Vorspeise!"

„Carlo ist noch mal kurz weg", erklärte Tino Tran. „Er wollte ein paar Ersatzglühbirnen für den Weihnachtsbaum besorgen, falls eine der elektrischen Kerzen mal ausfallen sollte."

„Hätte er nicht eher daran denken können?"

„Er muß jeden Augenblick zurückkommen", beruhigte Adi ihn. „Er weiß ja, daß du ihm ein Zuspätkommen niemals verzeihen würdest, Blacky."

„Worauf du dich verlassen kannst", knurrte Blacky. Und sein Gesicht hellte sich auf, als im selben Moment ein leises melodisches Klingeln zu hören war. „Ah, da ist er ja schon. Wenn man vom Teufel spricht, kommt er. Laßt nur, ich mach schon auf. Ist ein Weg für mich. Muß sowieso zurück in die Küche. Daß der Bursche immer die Schlüssel vergessen muß . . ."

Blacky schloß die Tür zum kleinen Festsaal und ging den Flur hinunter, der zum Hinterausgang des Hotels führte. Er öffnete die Tür.

„Immer auf die letzte Sekunde, Car . . ." Blacky brach mitten im Wort zu Tode erschrocken ab. Er blickte in die dunkle Öffnung eines Schalldämpfers, der auf einer schweren automatischen Pistole saß.

„Wenn du auch nur einen Ton von dir gibst, hast du ein Loch im Bauch!" warnte Bogart.

Blacky war wie zu Stein erstarrt. Einen Moment lang war er unfähig, einen klaren Gedanken zu fassen. Er registrierte nur, daß hinter Hubert Bogart noch drei weitere Männer standen.

Das Syndikat!

„Vorwärts! Und bloß keine hektischen Bewegungen . . . Es könnten deine letzten sein in diesem Leben!" zischte Bogart, während Blacky zurückwich.

Die drei anderen Gangster traten in den Flur, schlossen die Tür hinter sich und verriegelten sie – alles mit routinierten lautlosen Bewegungen.

„Wo sind die anderen?" fragte Bogart.

„Ja, aber . . ."

„Ich gebe dir drei Sekunden zum Überlegen, Dicker!" fuhr Bogart ihn an. „Wenn du dann nicht mit der Sprache rausrückst, bekommst du von mir ein Weihnachtsgeschenk – und zwar eine Kugel, kapiert!"

„Sie . . . sie sind alle im kleinen Festsaal", keuchte Blacky, der nie von sich behauptet hatte, ein großer Held zu sein.

„Und wo ist dieser Festsaal?"

„Dort . . . am Ende des Flurs", antwortete Blacky leise.

„Hält sich sonst noch jemand im Hotel auf?" wollte Bogart wissen.

Blacky schüttelte den Kopf. „Das Hotel ist bis Neujahr geschlossen."

„Wunderbar", sagte der Mann neben Bogart. „Dann bekommen wir sie ja alle mit einem Schlag. Dann man los, Männer!"

„Okay, Boß!" sagte Bogart und stieß Blacky mit der Pistole an. „Du gehst voraus. Und wenn du Dummheiten machst, fängst du dir 'ne Kugel, damit wir uns verstanden haben!"

Mit weichen Knien ging Blacky durch den Flur und öffnete

„Du gehst vor, Boß!" rief Bogart

die Tür zum kleinen Festsaal. Und dann ging alles unheimlich schnell. Bogart stieß ihn zur Seite.

„Keiner rührt sich vom Fleck!“ brüllte Bogart und hielt Blacky die Mündung der Waffe an die Schläfe. „Ich drücke sonst ab ... Hände auf den Tisch! Na los, ein bißchen Beeilung!“

Der Boß, ein schwarzhaariger, korpulenter Mann mit langen Koteletten und wahren Hamsterbacken, lächelte falsch. „Du brauchst nicht so zu brüllen, Bogart. Ich glaube, die Herren verstehen uns auch so. Einen schönen Abend übrigens.“ Er lachte blubbernd und öffnete seinen eleganten Pelzmantel.

„Das gibt's doch gar nicht!“ stieß Adi fassungslos hervor. „Woher wußten Sie ...“

Der Boß des Syndikates mit dem bezeichnenden Spitznamen Tricky Dicky hob die rechte Augenbraue. „... daß Sie sich hierher verzogen haben? Nun, Vic Bröder ließ uns eine Nachricht zukommen. Ich muß sagen, das war sehr einfallsreich von Ihnen. Sie können sich natürlich frei bewegen, Vic.“

„Nachricht? Welche Nachricht?“ wollte Kommissar Nagel wissen. Ohnmächtige Wut stand auf seinem Gesicht.

„Es war ganz einfach“, erklärte Vic Bröder lässig. „Ich spielte gestern mit Hermio eine Partie Würfel. Die Würfel trugen jedoch keine Zahlen, sondern Buchstaben, Silben.“

„Lettera?“ rief Adi. „Das Spiel, bei dem man Wörter mit den Würfeln bildet?“

Vic nickte. „Genau.“

„Mein Gott, Bodo!“ fluchte Tino Tran. „Du hirnloser Affe! Wie konntest du nur ...“

„Ruhe!“ rief Tricky Dicky mit schneidender Stimme. „Genug gequatscht. Vic, Ihr Mann hat von sieben Leuten gesprochen. Ich sehe aber nur sechs. Wo ist der siebte Bursche?“

„Carlo hat das Hotel vor zwanzig Minuten verlassen. Er muß jeden Augenblick kommen, denn Blacky wollte gleich das Essen servieren“, erklärte Vic.

„Gut, warten wir auf ihn!“ beschloß der Gangsterboß.

„Hören Sie . . .“, begann der Kommissar.

„Sie haben nichts zu melden, Glatzkopf!“ zischte Bogart.

„Das ist Kommissar Nagel!“ sagte Vic zu Tricky Dicky.

„Oh, welche Ehre“, sagte der Gangsterboß mit beißendem Spott. „Tut mir leid, daß ich Ihren reizenden Plan über den Haufen geworfen habe, Kommissar. Sie hätten von Anfang an wissen müssen, daß Sie gegen meine Organisation, das Syndikat, nicht ankommen können. Durch Ihr Eingreifen haben Sie uns zudem noch einen großen Gefallen getan: Wir bekommen bessere Druckplatten für unsere Blüten!“ Er deutete auf Tino Tran. „Ich habe Erkundigungen eingezogen. Demnach bist du Tino das Pferd und ein As als Fälscher. Du wirst eine Bereicherung für das Syndikat sein, Tino, im wahrsten Sinne des Wortes sogar!“

Tino fuhr empört von seinem Stuhl hoch. Und hinter den Brillengläsern funkelten seine Augen. „Ich denke überhaupt nicht daran . . .“

Weiter kam er nicht.

Bogart hob die Pistole und drückte ab. Nur ein leises *Plopp* war zu hören, als sich der Schuß löste. Die Kugel traf eine dicke rote Tischkerze, die rechts vor Tino stand. Das Geschoß riß die Kerze vom Tisch, fetzte sie auf, und heißes Wachs spritzte.

„Denken wird nicht deine Aufgabe sein!“ sagte Tricky Dicky mit schneidender Stimme. „Hinsetzen, sonst fällt Bogart ein besseres Lied ein.“

Tino Tran gehorchte zitternd.

„Riecht nicht schlecht“, meinte ein grobschlächtiger Kerl, der neben Tricky Dicky stand und dessen Gesicht von zahlreichen Narben verunstaltet war.

Tricky Dicky sog die Luft ein. „Du bringst mich auf einen Gedanken, Keule“, sagte er grinsend und wandte sich an Blacky: „Bist du der Koch, ja? Was gibt es denn zu essen?“

„Ente mit Rotkohl und Kartoffeln in Petersilie ...", begann Blacky.

„Ente! Männer, das werden wir uns nicht entgehen lassen", beschloß Tricky Dicky. „Wir fangen diesen Carlo ab und werden dann in aller Ruhe die Ente zerlegen. Keule, du gehst in die Küche und paßt auf den Koch auf! Los, Abmarsch!"

Keule und Blacky gingen in die Küche.

„Es geht doch nichts über ein köstliches Weihnachtsessen", sagte Tricky Dicky spöttisch und zog sich einen Stuhl heran. „Ich habe nur die Befürchtung, daß es euch nicht allzugut schmecken wird!" Er lachte, daß ihm die Tränen über das Gesicht liefen, und seine Freunde fielen in das Lachen ein.

Kommissar Klicker und Adi Ehrlich tauschten einen vielsagenden Blick. Niemand von ihnen brauchte sich Hoffnungen zu machen. Vic hatte sie ausgetrickst. Es war zu spät, Bodo jetzt noch Vorwürfe zu machen. Es änderte nichts an ihrem Schicksal – und das stand schon fest! Die Tatsache nämlich, daß sich der Boß des Syndikates persönlich an dieser verbrecherischen Aktion beteiligt hatte, konnte nur eines bedeuten: Tricky Dicky war entschlossen, keine lebenden Zeugen zurückzulassen – mit Ausnahme von Tino Tran, den man irgendwo ausbruchsicher gefangenhalten und zur Herstellung von Druckplatten zwingen würde.

Fassaden-Carlo befand sich noch in Freiheit, aber von ihm war auch keine Hilfe zu erwarten. Ahnungslos würde er in die Falle laufen ...

Der Tortentrick

Kommissar Klicker und Adi der Trickser irrten sich. Carlo Canaletti wußte bereits, daß sich die Gangster des Syndikates im Hotel befanden und seine Freunde bedrohten.

Fassaden-Carlo hatte nämlich entgegen der Meinung seiner Freunde das *Park-Hotel* überhaupt nicht verlassen. Ihm war eingefallen, daß unten im Keller in einer Kiste noch Ersatzglühbirnen lagen. Und so war er in das Gewölbe hinuntergestiegen. Vom Eindringen der Gangster hatte er dort unten wegen der dicken Mauern und der schweren Bohlentür jedoch nichts mitbekommen.

Alarmiert wurde Carlo erst, als plötzlich eine rauhe, fremde Stimme zu ihm in das Kellergewölbe drang – und Blackys Stimme antwortete. Die Stimmen kamen aus dem Schacht des kleinen Lastenaufzuges, der vom Keller über die Küche in die oberen Etagen des Hotels führte. Wie der Zufall es wollte, standen die Schiebetüren in der Schachtwand sowohl unten im Keller als auch oben in der Küche offen, so daß Carlo jedes Wort, das gesprochen wurde, verstehen konnte.

„Vergiß nicht, daß das Syndikat jetzt hier das Sagen hat und deine Freunde im Nebenzimmer in Bogarts Pistolenmündung blinzeln!" sagte der Fremde. „Versuche also besser nicht, mich irgendwie reinzulegen, Suppenpanscher! Und komm mir mit deinen Küchenmessern bloß nicht zu nahe, sonst drehe ich dich durch den Fleischwolf!"

„Ich bin doch kein Selbstmörder!" antwortete Blacky ruhig.

„Werden's ja sehen."

Fassaden-Carlo war geschockt. Das Syndikat im Hotel!

Carlo genehmigte sich erst einmal einen kräftigen Schluck, setzte sich auf einen Schemel und überlegte fieberhaft, was zu tun war.

Er mußte Hilfe holen! Aber wie? Die Treppe und vor allem die schwere Bohlentür knarrten derart laut, daß man ihn bestimmt bemerken würde, wenn er versuchte, auf diesem Weg zu entkommen. Dieser Weg war ihm also versperrt.

Carlos Blick fiel auf das Wandtelefon. Aber es war nur ein Haustelefon, mit dem man kein Gespräch nach außerhalb führen konnte.

„Mist, ich sitze hier fest!“ murmelte Carlo, nahm noch einen Schluck und zermarterte sich das Gehirn. Und während er überlegte, hörte er deutlich das Klappern der Töpfe und Teller in der Küche.

Der Schacht! schoß es Carlo plötzlich durch den Kopf, und die Gedanken jagten sich hinter seiner Stirn. Er hatte eine Idee, und der Plan nahm in seinem Kopf schnell Gestalt an. Noch war nichts verloren . . .

Zuerst einmal durchsuchte er den Keller nach einer geeigneten Waffe. Er fand einen schweren Holzhammer zum Abzapfen von Bierfässern. Er steckte ihn sich hinter den Gürtel, trat dann zum Wandtelefon und wählte nach kurzem Überlegen den Apparat im kleinen Festsaal an. Er mußte Adi irgendwie wissen lassen, daß er von dem Überfall wußte und sich im Hotel befand. Vermutlich würde einer der Gangster das Gespräch von einem Nebenapparat aus mithören, deshalb mußte er seine Nachricht an Adi verschlüsseln.

Es dauerte einige Zeit, bis oben im Festsaal abgenommen wurde. Adi meldete sich. „Ja?“ fragte er knapp.

„Hallo, Adi“, sagte Carlo betont fröhlich. „Ich weiß, ich weiß, ihr wartet schon auf mich, aber ich bin leider aufgehalten worden und muß erst mal sehen, wie ich hier herauskomme, ohne großen Schaden anzurichten . . .“

„Wo bist du denn?“

„Bei unserem Freund Nero in seiner Katakombe“, erklärte Carlo und gab seiner Stimme einen leicht angeheiterten Klang. „Es wird noch ’ne Weile dauern, bis ich mich abgeseilt habe. Ich hoffe, du hast dafür Verständnis.“

Adis Antwort kam nach kurzem Schweigen. „Wenn du wirklich bei Nero in der Katakombe bist . . .“

„Wenn ich es sage, ist es auch so!“

„. . . dann ist alles klar“, beendete Adi seinen Satz. „Und laß dir Zeit!“

„So in fünfzehn Minuten bin ich bei euch“, versicherte Carlo.

„Dann zerlegen wir sie . . . , die Ente!“ Damit legte er auf.

Carlo Canaletti konnte sicher sein, daß Adi ihn verstanden hatte. Adi war ja nicht auf den Kopf gefallen, und *Neros Katakombe* hieß bei ihnen das altertümliche Kellergewölbe des *Park-Hotels.* Und wie das Wort *abseilen* in diesem Zusammenhang gemeint war, lag ja wohl auf der Hand.

„Na denn“, murmelte Fassaden-Carlo mit grimmiger Entschlossenheit und zwängte sich durch die Öffnung der Schiebetüren in den Schacht, der etwa achtzig Zentimeter im Quadrat maß. „Versuchen wir unser Glück!“

Er packte das dünne Stahlkabel. Hand über Hand zog er sich hoch. Er nahm die Füße ganz bewußt nicht zu Hilfe, weil ihn diese kratzenden, schabenden Geräusche an der Schachtwand möglicherweise verraten hätten.

Über sich wurde das helle Rechteck der Küchenöffnung größer und größer. Die Geräusche wurden lauter. Vorsichtig hangelte er sich hoch. Eine Hand nach der anderen. Ihm wurde bewußt, daß er schon lange nicht mehr trainiert hatte, denn er begann zu schwitzen.

Endlich hatte er die untere Kante der Öffnung erreicht und konnte einen ersten Blick in die Küche werfen. Was er sah, gefiel ihm gar nicht. Der breitschultrige Bursche, ein wahrer Bulle, stand so, daß die Öffnung des Lastenaufzugs genau in seinem Blickfeld lag. Er mußte also warten – und das kostete Zeit und Kraft.

Die Minuten verstrichen. Carlo merkte, wie sich seine Muskeln verkrampften. Er konnte doch hier nicht stundenlang im Schacht hängen!

Carlo biß die Zähne zusammen. Er mußte durchhalten. Sein Leben und das seiner Freunde stand auf dem Spiel – und lag mehr oder weniger in seiner Hand.

Schließlich ergab sich eine Möglichkeit. Blacky begab sich zum Heißluftherd, und Keule veränderte seine Position, um ihn besser im Auge behalten zu können. Dabei wandte er dem

Lastenaufzug den Rücken zu.

„Na, wie lange dauert es denn noch?“ fragte Keule.

„Zehn Minuten“, knurrte Blacky. Er log. In Wirklichkeit hätten sie schon längst beginnen können, doch er versuchte Zeit zu schinden. Er suchte nach einem Ausweg aus dieser scheinbar tödlichen Sackgasse.

Carlo nahm den Griff des Holzhammers zwischen die Zähne und schob sich mit angehaltenem Atem durch die Luke. Sein Gesicht war vor Anstrengung und innerer Spannung schweißüberströmt. Wenn sich der Gangster jetzt umdrehte, hatte er keine Chance.

Carlo schob sich mit angehaltenem Atem durch die Luke

Der Sektkorken-Django

Blacky goß Bratensaft über die Ente, schloß die Herdklappe, richtete sich auf und drehte sich um. Und da entdeckte er Carlo, wie dieser gerade von der Anrichte heruntерglitt. Er konnte seine Überraschung nicht verbergen.

„Carlo!" entfuhr es ihm.

Keule lachte verächtlich. „Mit diesem uralten Trick legst du mich doch nicht rein! Du siehst zu viele billige Krimifilme, Suppenpanscher!"

Carlo überlegte, ob er mit dem Hammer zuschlagen sollte, doch es widerstrebte ihm, Gewalt anzuwenden. Deshalb drehte er den Holzhammer schnell um und drückte dem bulligen Gangster den Stiel zwischen die Schultern.

„Ein Mucks und ich drücke ab!" zischte Fassaden-Carlo, und seine Stimme klang zu allem entschlossen.

Keule erstarrte.

Blacky sah, wie der Schläger den Mund aufmachte. Und er ahnte, daß er sie durch einen Schrei verraten würde, wenn sie nichts dagegen unternahmen. Blacky sah die herrliche Cremetorte neben sich auf der Anrichte und packte ohne lange zu überlegen zu. Er riß die Platte hoch und klatschte dem Gangster die Sahnecremetorte mitten ins Gesicht – keine Sekunde zu früh. Die klebrige Creme erstickte den Schrei. Nur ein Röcheln und Würgen war zu hören, als Keule nach Luft rang. Sahnecreme klebte in seinem Gesicht, auf Augen und Nase. Seine Hand zuckte nach oben, um den süßen Kleister wegzuwischen.

„Pfoten weg!" zischte Carlo. Jetzt gab Keule endgültig auf. Er wehrte sich nicht, als sie ihm Hände und Füße fesselten und ihm ein breites Klebeband über den Mund hefteten.

Carlo fuhr mit dem Zeigefinger durch die nun vermanschte Torte und leckte ihn ab. „Mhm, köstlich! Schade um die herrliche Torte... Junge, Junge, das wäre ja beinahe im letzten Augenblick noch schiefgegangen.“ Erst jetzt merkte er, wie rasend schnell sein Herz hämmerte.

„Himmel, wie kommst du denn hierher?“ fragte Blacky, noch immer fassungslos.

Carlo erklärte es ihm und vergaß auch nicht das Telefongespräch zu erwähnen, das er mit Adi geführt hatte. „Adi weiß also Bescheid und wird die anderen auch irgendwie informiert haben. Was sollen wir nur unternehmen, Blacky? Ich könnte mich aus dem Hotel schleichen und die Polizei alarmieren...“

Blacky schüttelte energisch den Kopf. „Unmöglich! Dafür ist keine Zeit mehr, Carlo. Die Gangster können jeden Moment mißtrauisch werden und nach ihrem Schläger Keule rufen. Sie brauchen bloß einen Blick in die Küche zu werfen, dann sind unsere Freunde erledigt.“

„Stimmt!“

„Wir müssen die Befreiungsaktion selbst in die Hand nehmen“, sagte Blacky entschlossen. „Und zwar sofort!“

„Ohne Waffe?“

„Nicht nur Revolver und Pistolen sind Waffen. Wir haben das Überraschungsmoment auf unserer Seite, Carlo“, meinte Blacky tapfer. „Und das wiegt mindestens zehn Kanonen auf. Außerdem werden Adi und die anderen schon auf das Zeichen zum Losschlagen warten.“

Carlo verzog das Gesicht. „Das klingt nach Himmelfahrtskommando“, brummte er. „Aber eine andere Wahl haben wir wohl nicht, was?“

„Nein.“ Blacky machte sich an seinem Vorratsschrank zu schaffen und riß eine große Tüte auf, während Carlo sich die Hände wusch.

Als Fassaden-Carlo sich wieder umdrehte, trug Blacky mit

der linken Hand ein Tablett mit einer Suppenterrine. Unter dem Tablett schauten die Zipfel eines schneeweißen Serviertuches hervor.

„Was willst du denn mit der Suppenschüssel?“ fragte Carlo verwundert.

„Es gibt doch Suppe als Vorspeise – und *diese* Vorspeise möchte ich den Gangstern nicht vorenthalten“, sagte Blacky spöttisch. „Paß auf, ich sage dir jetzt, was du zu tun hast.“

Carlo lachte leise, als Blacky geendet hatte. „Okay, so könnte es klappen. Du hast mich übrigens auf eine Idee gebracht, womit ich mich noch bewaffnen kann. Warte einen Augenblick.“ Er holte aus dem Kühlschrank zwei Flaschen Sekt.

„Dann auf in den Kampf!“ befahl Blacky und öffnete die Küchentür, die in den Gang führte. Carlo hielt etwas Abstand. Man durfte ihn nicht zu früh bemerken.

Carlo spürte sein Herz im Hals schlagen.

„Wenn ich die Suppe serviere, stürmst du ins Zimmer! Nicht vergessen!“ erinnerte Blacky noch einmal mit gedämpfter Stimme, während sich Carlo in die dunkle Ecke neben der Tür zum Festsaal drückte.

„Alles klar“, murmelte Carlo.

Blacky holte tief Luft, dann drückte er die Türklinke herunter und trat in den Festsaal.

Boogie-Bogart fuhr herum. „Wo ist Keule?“ fragte er.

„Der mußte mal dringend irgendwohin“, log Blacky und nickte Adi, der ihn fragend anblickte, kaum merklich zu. „Gleich geht es los, Freunde . . . mit dem Essen.“

Adi hatte den Hinweis verstanden. „Wir sind bereit . . . für die Henkersmahlzeit.“

„Zuerst gibt es Suppe“, sagte Blacky. „Wollen Sie mal riechen, Bogart?“

Der Gangster zögerte, sagte dann aber mit selbstgefälligem Ton: „Warum nicht, Dicker. Laß mal sehen. Hoffentlich ist es auch genießbar.“

„Meine Küche ist berühmt! Es ist eine sehr würzige Suppe." Blacky hob scheinbar entrückt den Deckel.

Bogart beugte sich über die Suppenterrine – und erblickte zu seinem Erstaunen anstelle von Suppe einen graubraunen Berg, der aus ganz feinen Körnern bestand.

Pfeffer! schoß es Hubert Bogart mit jähem Erschrecken durch den Kopf. *Der Mistkerl hat mich reingelegt!*

Bogart wollte zurückspringen und sich in Sicherheit bringen, doch da blies Blacky schon, was seine Lungen hergaben. Er wirbelte den feinen Pfefferstaub zu einer dichten Wolke auf, die Bogarts Kopf für ein, zwei Sekunden völlig einhüllte. Bogart schrie vor Schmerz und Wut auf und wollte seine Waffe hochreißen.

Damit hatte Blacky gerechnet. Er ließ das Tablett mit der Suppenschüssel und das Serviertuch einfach los und schlug mit der harten Kante des Terrinendeckels kraftvoll auf Bogarts rechtes Handgelenk. Der Schmerz raste Bogart bis in die Schulter hoch. Seine rechte Hand war plötzlich wie gelähmt, und die Pistole entglitt ihm ...

Blackys Pfefferangriff war das Zeichen, auf das Carlo und die Freunde im Saal gewartet hatten. Die Gangster waren so geschockt, daß es ein paar Sekunden dauerte, bis sie zum Gegenangriff übergingen – doch da war es schon zu spät, um das Blatt noch einmal zu wenden.

Als Bogart aufschrie, sprang Fassaden-Carlo aus dem Dunkel des Flurs in den Raum. „Hände hoch!" brüllte er mit sich überschlagender Stimme. Er sah drei Meter rechts von sich einen korpulenten Mann in einem teuren Pelzmantel. Der Bursche, es war Tricky Dicky, wirbelte zu ihm herum und wollte flüchten.

Doch Fassaden-Carlo war schneller. Er schoß zuerst – mit Sektkorken! Er hatte die beiden Sektflaschen kräftig geschüttelt, so daß ein ungeheurer Druck in den Flaschen entstanden war.

Es knallte laut, als die Plastikkorken losschossen.

Carlo erzielte zwei Volltreffer. Beide Geschosse trafen Tricky Dicky mitten ins Gesicht – und im nächsten Moment schoß der Sekt aus den Flaschen hinterher und klatschte in das verwunderte Gesicht des Gangsters. Jetzt warf sich Fassaden-Carlo auf ihn, riß ihn zu Boden . . .

Während Carlo Tricky Dicky außer Gefecht setzte, kümmerten sich Adi, Kommissar Nagel, Bodo, Tino Tran und der Baron um die beiden anderen Gangster.

„Jetzt!“ schrie Adi, als Blacky Bogart ausschaltete und Carlo zur Tür hereinsprang. Der ovale Tisch wurde von zehn Händen hochgerissen und quer durch den Raum geschleudert. Vic Bröder und der andere Gangster standen *zufällig* im Weg und wurden zu Boden gerissen.

Und damit war das Gefecht entschieden.

Die Gangster wurden im Handumdrehen entwaffnet. Und Kommissar Nagel überlegte angestrengt, was er nun als nächstes tun sollte. Aber die Entscheidung fiel ihm nicht allzu schwer . . .

Blacky strahlte, als er sah, wie gut es seinen Freunden und dem Kommissar schmeckte. „Es ist noch genug da!“

Der Baron nahm einen Schluck Wein und lehnte sich mit einem wohligen Seufzer im Stuhl zurück. „Blacky, mein Kompliment, es war ausgezeichnet!“

„Ist!“ korrigierte ihn der Kommissar mit vollem Mund und nahm noch eine Scheibe Entenbrust. „Es ist ausgezeichnet, mein lieber Baron. Einfach göttlich!“

„Und was gibt es als Nachspeise?“ erkundigte sich Tino Tran und erstickte ein Rülpsen in seiner Serviette. Er war voll bis zum Platzen.

„Vanilleeis mit heißen Himbeeren, und dann einen guten Mokka!“ verkündete Blacky mit strahlenden Augen.

Der Kommissar verdrehte die Augen. „Ich weiß schon jetzt,

daß das Eis ein Traum sein wird."

Kommissar Klicker war froh, daß er sich für das Essen entschieden hatte. Die Vernehmung der Gangster konnte warten. Nach dieser chaotischen Schlacht hatten sie, er und die sechs Freunde vom *Park-Hotel,* schnell alles aufgeräumt, die Scherben zusammengefegt und den Tisch neu gedeckt.

Der Kriminalbeamte leckte sich die Finger einzeln ab. „Herrlich war das", sagte er aus tiefstem Herzen. „Deine Nummer mit den Sektflaschen war übrigens auch allererste Klasse, Carlo. Im ersten Moment dachte ich wirklich, du würdest aus der Hüfte mit zwei Revolvern schießen ... Das war reif für den Film."

Carlo wehrte verlegen ab. „Not macht eben erfinderisch."

„Carlo, unser Sektkorken-Django vom *Park-Hotel!*" frotzelte Tino Tran augenzwinkernd.

„Na, eure Einlage mit dem fliegenden Tisch war aber auch nicht übel", revanchierte sich Fassaden-Carlo. „Aber das nächstemal solltet ihr vorher besser das Geschirr abräumen, dann wird der Spaß nicht so teuer ..."

„Freunde, es wird ernst!" rief Kommissar Klicker begeistert. „Blacky kommt mit den Eisbechern! Himmelherrgott, das sind ja wahre Eis*bomben!*"

Blacky badete förmlich im Lob seiner Freunde.

Der Baron beugte sich zum Kommissar hinüber. „Was meinen Sie, sollten wir ihnen nicht auch etwas anbieten? Immerhin ist heute Heiligabend ..."

Kommissar Klicker runzelte die Stirn. „Sie meinen unsere speziellen Gäste?" Er hatte völlig vergessen, daß die fünf Gangster in der anderen Ecke des Festsaales saßen – sorgfältig gefesselt und mit einem breiten Mundpflaster versehen. Ohnmächtige Wut und kalter Haß standen in ihren Augen.

„Es geht doch nichts über ein köstliches Weihnachtsessen", sagte der Kommissar bedächtig. „Ich habe nur die Befürchtung, mein lieber Baron, daß es ihnen nicht allzugut schmecken würde . . ., und das können wir Blacky beim besten Willen nicht antun!“

Der Baron lachte. „Ich erinnere mich, den ersten Satz vorhin schon einmal von Tricky Dicky gehört zu haben. Nun, vermutlich haben Sie recht!“

Der Kommissar nahm einen Löffel Eis mit zwei heißen Himbeeren, ließ es genüßlich auf der Zunge zergehen und sagte schließlich mit feinem Lächeln: „Keine Sorgen, Baron, ich werde mich nachher schon um unsere reizenden Freunde kümmern . . ., in gebührender Weise. Aber jetzt wollen wir unseren zweiten gemeinsamen Sieg feiern!“ Er machte eine Pause, alle sahen ihn erwartungsvoll an, und dann rief er: „Sektkorken-Django, walte deines Amtes! Hol Champagner aus dem Keller und laß die Korken knallen!“

Schneider-Buch

Deckelbild und Illustration: Erich Hölle
Redaktion: Susanne Bestmann
Bestell-Nr. 8118

8000 München 46 · Frankfurter Ring 150
ISBN 3 505 08118 3
7. Auflage

Ein weiterer Band ist in Vorbereitung.